결국, 마음에 닿는 건
예쁜 말이다

결국,

마음에
닿는 건
예쁜 말이다

윤설 지음

P page2

나를 구원한 건,
다정한
말 한마디였다

말은 공기와 닮았다. 눈에 보이지도 않고 손에 잡히지도 않으며, 맛을 보거나 냄새를 맡을 수도 없다. 그래서 우리는 말의 중요성을 쉽게 잊곤 한다. 하지만 살다 보면 말의 위력을 실감하는 순간이 온다. 어떤 말은 봄날의 햇살처럼 마음을 어루만져 포기하고 싶은 하루를 끝까지 버티게 한다. 반대로 어떤 말은 태풍처럼 몰아쳐 멀쩡한 마음을 순식간에 폐허로 만든다. 좋든 싫든 영혼 깊숙한 곳까지 닿는 것. 측정할 수 없지만 분명히 존재하는 힘. 말이 가진 힘이란 바로 그런 것이다.

흔히 사람들은 솔직한 말에 가장 큰 힘이 깃들어 있다고 믿는다. 물론 거짓보다는 진실이 낫다. 하지만 솔직함만으로는 말의 힘을 올바르게 사용할 수 없다. 어떤 솔직함은 창처럼 날카로워 마음에 쉽게 구멍을 낸다. 어떤 솔직함은 망치처럼 감정을 내려쳐 관계를 산산조각 낸다. 배려 없는 솔직함은 때로 침묵보다 더 잔인하다. 말의 힘은 진실성 그 자체가 아니라 그 진실을 어떻게 다루느냐에 달려 있다. 제대로 된 힘은 누구도 다치게 하지 않는다.

나는 그런 말을 '예쁜 말'이라 부른다. 솔직하지만 부드럽고 포근하게 마음을 감싸는 말. 평범하지만 단단한 중심이 있어서 마음속 깊은 곳까지 내려앉는 말. 고스란히 흡수하고 싶은 말. 결국 마음에 닿는 건 '필요한 말'이 아니라, '필요하면서도 듣기 좋은 말'이다. 그런 말엔 회복력이 있다. 때로는 관계의 실금을 메우고 무너진 마음을 다시 일으켜 세운다. 때로는 삶의 가장 어두운 구석까지 밝혀주는 등대가 된다. 말 한마디가 불가능을 가능으로 바꾸기도 한다. 예쁜 말은 단순한 언어를 넘어 누군가의 삶 그 자체가 되기도 한다.

누구나 가뭄처럼 삶이 갈라지는 시기를 통과해야 한다. 그 시기를 버텨내기 위해 나름의 계획을 세우고 대비하겠지만, 그럼에도 도저히 혼자 감당할 수 없는 날들이 찾아올 것이다. 숨이 턱 막힐 듯한 순간, 나를 끝까지 살펴주는 건 늘 곁에 머무는 관계들이다. 가족, 친구, 동료처럼 이름보다 마음이 먼저 떠오르는 사람들. 내게 숨결을 불어넣어 주는 사람들. 그래서 사람은 본능적으로 관계를 맺는다. 관계란 단순히 사람끼리 만나는 일이 아니라 서로의 버팀목이 되어주는 일이다.

　나는 관계의 소중함을 꽤 늦게 깨달았다. 어릴 적엔 집을 혼자 지키는 날이 많았다. 외동이었고 부모님은 맞벌이로 바쁘셨기 때문이다. 게다가 열여섯 살 무렵부터는 부모님 곁을 떠나 독립 생활을 시작했다. 그래서였을까, 내 삶의 화두는 언제나 '혼자 잘 버티기'였다. 서운함이나 원망 같은 감정도 스스로 추슬러야 했다. 남에게 기대는 건 나약한 태도라 여겼고, 원하는 게 생기면 혼자 힘으로 얻는 법부터 익혔다. 누구에게도 폐 끼치지 않는 삶, 다른 이의 도움 없이 살아가는 삶, 무거운 짐도 묵묵히 감당하는 삶. 그게 인생이라 믿었다.

하지만 이제 와서 돌이켜보니, 혼자 버티기 어려웠던 순간이 참 많았다. 답답하고, 쓸쓸하고, 머리가 지끈거리도록 힘든 날들이 있었다. 그럴 때마다 나를 붙잡아 준 건 가까운 사람들의 말 한마디였다. 화려한 말도, 현명한 조언도 아니었지만 나를 향한 마음 하나만큼은 분명하게 느껴지는 다정한 말. 나는 그 말들에 수없이 구원받았다. 스스로 이겨냈다고 믿었던 수많은 날의 이면에는 조용히 나를 어루만져 준 누군가의 손길이 있었다. 결국 삶을 떠받치는 건 관계다. 때론 그들의 말이 내 전부가 된다. 나의 말도 마찬가지일 것이고.

이 책은 한 시절 내 전부였던 사람들에 대한 기록이다. 눈에 보이진 않았지만 분명 그 자리에 있었던 단어들. 끝까지 서로를 지탱하며 조용히 숨결을 불어넣어 주었던 문장들. 특별한 힘을 지닌 언어들. 그 말들을 하나씩 곱씹으며 집필했다. 글을 쓰면서도 말의 소중함을 수없이 다시 깨달았다. 예쁜 말은 단순한 말재주가 아니다. 그것은 누군가를 품으려는 헌신적인 노력이고, 내 인생을 어떤 자세로 마주할지 보여주는 지표다. 말을 내뱉는 건 사람이지만, 결국 말이 사람을 만든다.

우리는 하루에도 수없이 많은 말을 주고받는다. 대부분은 공기처럼 스쳐 지나갈 것이다. 일부는 바람처럼 불어 옷깃을 살랑이겠지만, 그 또한 기억에 남지는 않을 것이다. 하지만 아주 드물게, 단 한마디의 말이 하루 전체를 바꾸는 때가 있다. 나는 그런 말이 예쁜 모습이길 바란다. 삶의 한구석에 놓여 생명력을 불어넣는 말. 따스한 온기를 주는 말. 그런 말이 많아지기를 바란다. 결국 서로가 서로에게 닿기를 바란다.

당신에게 닿으며

윤설

자세히 보아야
예쁘다
Part 1

좋은 관계에는
좋은 싸움이 필요하다
Part 2

슬픔을 마주할 때
진짜 관계가 시작된다

Part 3

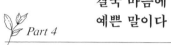

결국 마음에 닿는 건
예쁜 말이다

Part 4

Part 1

자세히 보아야 예쁘다

자리에 온기가 남듯
마음에는
배려가 남는다

어쩌면 사람 마음속에 끝까지 남는 건 작은 배려가 아닐까 싶다. 아직도 생각나는 음식점이 하나 있다. 경제적으로 넉넉하지 않던 대학 시절이었다. 하루는 밥 먹을 돈이 없어 쫄쫄 굶어야 할 판이었다. 근처 백반집에 들어가 "혹시 공깃밥 하나만 주문해서 먹고 가도 될까요?"라는 어처구니없는 부탁을 했다. 분명히 진상 고객처럼 보였을 텐데도, 어째서인지 사장님은 흔쾌히 수락해 주셨다.

밥 한 공기를 받은 후에 셀프 반찬 코너에 갔다. 미역줄기 볶음, 무생채 김치, 숙주나물 무침 같은 간단한 반찬이 있었다. 아무리 생각해도 민폐인 것 같아 딱 한 입 먹을 정도만 접시에 담고 자리에 앉았다. 허겁지겁 밥을 먹은 후, "죄송합니다"라는 말과 함께 공깃밥 값인 천 원짜리 한 장을 꺼내자 사장님은 잠깐 기다려 보라며 뒤편 주방으로 들어가셨다. 가지고 나오신 건 작은 용기에 조금씩 담긴 반찬이었다. 배고플 때 챙겨 먹으라고, 젊어서 굶는 것보다 서러운 일도 없다고 하셨다. 감사하고 죄송했다.

대학교를 졸업할 때까지 그곳을 자주 방문했다. 물론 그날 이후로 공깃밥 하나만 주문해 본 적은 없었다. 때론 친구를 여럿 데려가기도 했고, 시간이 없을 땐 식사를 몇 인분씩 포장해 가기도 했다. 그날 건네받은 작은 배려를 갚고 싶어서였다. 최고급 레스토랑의 코스요리를 얻어먹은 것도 아닌데, 그날 느낀 포만감은 어떤 음식으로도 채울 수 없는 것이었다. 사장님의 배려가 몸의 허기뿐만 아니라 마음의 허기까지 채워주었기 때문일 것이다. 배려란 배부른 것이었다.

요즘 세상에는 배려를 느낄 만한 순간이 별로 없다. 어려운 처지에 놓인 이에게 선뜻 도움의 손길을 건네는 일. 대가를 바라지 않는 순수한 호의를 베푸는 일. 이제 이런 일들은 옛이야기로만 들린다. 어쩌면 이런 베풂이 사치처럼 느껴질 정도로 어려운 세상이 되었기 때문일지도 모른다. 무언가 받으면 반드시 돌려주어야 한다는 부담감 때문에 배려를 받는 일조차 꺼려지는 것일지도 모른다. 이유가 어찌 됐건, 예전보다 정 없는 세상이 된 것은 틀림없는 사실이다.

그런데 배려라는 것이 꼭 피부에 와닿도록 거대하거나, 물질적 가치를 지닌 물건일 필요는 없다. 좌석 사이로 지나가는 사람을 위해 다리를 살포시 당겨주는 일. 단체사진을 찍기 위해 무리를 이탈한 이의 카메라를 대신 들어주는 일. 뒤따라오는 행인을 위해 문 손잡이를 잠시 잡아주는 일. 슬픈 순간에 같이 울어주고 기쁜 순간에 같이 웃어주는 일. 거창한 일은 아니지만 이런 작은 배려에는 마음속 깊은 곳까지 전해지는 따스함이 있다. 상대방을 위하는 마음이 듬뿍 담긴 따스함 말이다.

나는 마음에 끝까지 남는 건 이런 따스함이라 믿고 있다. 누군가 자리에 앉았다 일어나면 그곳에 온기가 남는다. 그 온기를 통해 사람이 앉아 있었다는 것을 알게 된다. 배려라는 것도 그렇다. 당장은 그것이 나를 향한 온기인지 쉽게 인지할 수 없다. 그러나 상대방이 내 곁에서 멀어지면 알게 된다. 그 사람이 나를 얼마나 아끼고 사랑해 주었는지, 나를 위해 얼마나 많은 배려를 해 왔는지 말이다. 자리에 온기가 남듯, 마음에 배려가 남는 것이다.

작은 배려란 꽃 한 송이쯤에 불과할지도 모른다. 코를 가까이 가져다 대지 않으면 그 향기를 쉽게 맡을 수 없다. 코를 밀착한다 해도 향기가 금세 옅어져 오랫동안 음미할 수 없다. 그러나 꽃 한 송이가 여럿 모이면 이야기가 다르다. 그 일대의 향기는 물론이고 분위기까지 바꾸어 놓는다. 작은 배려도 마찬가지다. 한 번쯤은 금세 잊힐지 모르겠지만, 따뜻한 행동이 쌓이면 그 사람의 향기와 분위기를 바꾸어 놓는다. 오랫동안 기억에 남는 사람이 되는 것이다.

몇 년 전부터 작은 배려를 습관으로 만들기 위해 노력하고 있다. "번거롭게 해서 죄송하다", "노력해 주어서 감사하다", "뜨거우니 조심해야 한다" 같은 말을 자주 하고 다닌다. 더운 날엔 시원한 아이스커피 한 잔을, 추운 날엔 따뜻한 둥굴레차 한 잔을 건네기도 한다. 그럴 때면 나를 향한 상대방의 태도가 바뀌는 것을 느낀다. 어느 산길에서 향기를 맡고 있던 나의 모습과 비슷하다. 별것 아닌 사소한 배려가 누군가의 마음속에 내려 앉는 순간이다.

마음을 움직이는 건 또 다른 마음뿐이다.

진짜 어른의
관계

대학생이 된 후 가장 좋았던 건 비로소 어른다운 생활을 할 수 있게 되었다는 사실이었다. 대학교에 입학한 것보다는, 주민등록증에 기대어 다양한 일을 할 수 있게 된 것이 좋았다. 치킨집에 가서 맥주를 주문해도 꾸짖는 사람이 없었고, 밤늦게까지 피시방에 앉아 게임을 해도 내쫓는 사람이 없었다. 누군가 나에게 "성인이신가요?"라고 물어보면, 그저 당당한 미소를 보여주며 신분증을 꺼내면 그만이었다.

이 시절 가장 신선한 충격으로 다가왔던 일이 하나 있다. 수업 중 화장실에 가고 싶을 때 허락받지 않아도 괜찮다는 것이었다. 지금이야 언제 어디서든 내가 원할 때 화장실에 갈 수 있지만, 고등학생 때까지는 수업 중에 손을 들고 선생님께 양해를 구해야 했다. 때론 수업 도중 주목받는 게 부끄러워서 화장실을 참기도 했다. 지금 생각해 보면 참 웃긴 일이 아닐 수 없다. 고작 화장실 가는 일에 누군가의 승인이 필요하다니 말이다.

새내기 시절, 강의 도중에 손을 드는 학생의 절반은 "화장실 좀 다녀와도 될까요?"라는 질문을 했다. 그게 당연한 절차라 생각했기 때문일 것이다. 지금까지 그렇게 살아왔으니 말이다. 그럴 때면 교수님은 이렇게 대답하셨다. "이제 다 큰 어른이니 그런 건 물어보지 않아도 괜찮습니다. 어차피 갔다가 다시 돌아올 거잖아요? 저는 여러분이 딴 길로 새지 않을 것이라 믿습니다." 그러니까 이건 믿음에 관한 일이었던 것이다. 교수님에게 어른이란 '신뢰할 수 있는 사람'이었다. 나는 그때 처음으로 어른이란 말을 배웠다.

생각해 보면 그렇다. 단순히 주민등록증 하나 주어진다고 해서, 더 이상 교복을 입지 않는 나이가 된다고 해서 갑자기 자동차 로봇처럼 어른으로 변신하는 건 아닐 것이다. 어딘가엔 미성년자임에도 법을 교묘하게 피해

가며 생활하는 이들이 있고, 성인임에도 본인 행동에 책임을 지지 않으려는 사람이 수두룩하다. 그보다는 나이가 어려도 믿음직스러운 사람이 훨씬 더 어른스러워 보인다. 말과 행동에 조금 더 신중할 줄 알고, 책임이라는 단어의 무게를 느낄 줄 아는 소년 소녀가 웬만한 어른보다 낫다.

관계 또한 별반 다르지 않을 것이다. 다 큰 어른임에도 불구하고 여전히 어린아이 같은 관계를 이어나가는 사람이 정말 많다. 자질구레한 것까지 낱낱이 따져가며 의심을 품는 일. 어떤 행동도 함부로 할 수 없도록 매번 허락을 구하는 일. 본인 감정을 절제하지 못해 물건을 내던지거나, 대화 도중 갑자기 자리를 박차고 일어나 어딘가로 사라져 버리는 일. 구석구석 헤집어봐도 그곳에는 한 톨의 믿음조차 없다. 이를 '어른스러운 관계'라 부르긴 어려울 것이다.

어른이라면 관계 또한 어른스럽게 해나갈 줄 알아야 한다고 믿는다. 양해와 허락을 주고받지 않더라도 딴길로 새지 않는 일. 감정이 격해져도 평정심을 유지하고, 대화가 잘 풀리지 않더라도 본인이 있어야 할 위치를 벗어나지 않는 일. 이런 믿음을 쌓아가는 일이야말로

'어른스러운 관계'로 거듭나는 유일한 방법일 것이다. 이런 관계를 이어나갈 때 비로소 '내가 정말 괜찮은 사람을 만나고 있구나' 하는 생각이 든다.

사람들은 잘 모른다. 얼마나 많은 믿음이 우리의 일상에 흩뿌려져 있는지를. 조리 과정조차 모르는 배달 음식을 마음 편히 먹을 수 있는 건 요리사가 음식에 독을 타지 않았을 것이라는 믿음이 있기 때문이다. 가스 검침원에게 꽉 닫힌 현관문을 열 수 있는 건 그가 나에게 아무런 해를 끼치지 않을 것이라는 믿음이 있기 때문이다. 은행에 돈을 맡길 수 있는 것도, 횡단보도를 건널 수 있는 것도, 호텔에서 두 발 뻗고 잘 수 있는 것도 전부 마찬가지다.

이런 일상적인 믿음을 행동으로 옮기고 가까운 관계에 적용해 보았으면 한다. 그럼 알게 될 것이다. 서로를 믿는 것이 얼마나 뜻깊고 기분 좋은 일인지 말이다. 물론 그 믿음을 저버리는 사람을 만나기도 하지만, 낙담하지 않아도 괜찮다. 오히려 못된 사람을 한 명 거를 수 있는 기회일 테니 말이다. 결국엔 서로의 믿음을 지키고 이어나가는 관계만 곁에 남을 것이다. 그렇게 남은 관계야말로 진짜 어른의 관계다.

종종 내가 정말 어른이 된 게 맞나 생각하곤 한다. 누군가 내 나이를 물었을 때 곧장 대답할 수 없을 정도로 세월이 흘렀지만, 나는 여전히 심심할 때마다 어린 시절 즐겨보던 만화를 찾아본다. 친구에게 문자를 보낼 땐 싸이월드 시절에나 쓰던 말투가 튀어나오기도 한다. 그럼에도 내가 진짜 어른이 되었음을 깨닫는 순간이 있다. 누군가 나를 전적으로 믿고 있음을 느낄 때, 내가 그 믿음을 지키기 위해 열심히 노력하고 있음을 인지할 때가 그렇다. 어쩌면 어른이란 그런 믿음과 노력의 산물일 것이다. 단순히 나이 좀 먹었다고 해서 다 어른이 되는 게 아니다.

진짜 어른은 조용히 신뢰할 줄 안다.

괜찮지 않아도
괜찮다

괜찮지 않아도 괜찮은데, 이걸 몰라서 힘들다. 관계를 지속하다 보면 괴로운 날이 갑자기 온다. 등을 맞대고 있던 바다의 파도에 의도치 않게 휩쓸리듯 갑자기 떠밀리게 된다. 갑작스러운 질문을 스스로에게 던진다. 이 관계가 제대로 흘러가고 있는 것인지, 혹은 파도에 휩쓸려 이미 무너진 것은 아닌지.

모든 질문에 똑같은 대답을 한다. 괜찮다고. 모든 게 다 괜찮다고. 그 한마디로 마음속 복잡한 감정을 전부 묻어둘 수 있다면 그걸로 충분할 거라 생각했다. 강철로 만들어진 가면을 뒤집어쓴다. 차갑고, 무겁다.

괜찮다고 말했지만, 마음속 표정은 썩 시원하지 않다. 왠지 무거운 짐을 내일의 나에게 떠넘기는 것 같다. 검은 물감을 마음속에 쏟아부은 것처럼 답답하다. 그래서일까, 시간이 지날수록 내 본연의 색을 찾는 게 어렵다. 나를 잃어간다. 괜찮지 않지만, 괜찮다고 말하며.

줄곧 괜찮은 사람이 되고 싶다는 욕심이 있었다. 그 욕심 때문에 내 마음을 숨겼다. 나보다 상대방에게 잘해주고 싶은 마음이 더 컸다는 표현이 적절할 것이다. 그런 배려를 통해 "당신, 나랑 꽤 잘 맞네요"라는 말이 듣고 싶었다. 내 가면이 수없이 생겨난다 해도, 그 한마디면 그저 괜찮을 줄만 알았다.

그런데 가면은 겉에 쌓이지 않고 속에 쌓인다. 그걸 깨달았다. 언젠가 내 마음이 궁금해질 때, 내 속을 알 수가 없다. 사람은 얻겠지만 나를 잃는다. 그 관계엔 내가 없다. 그 사람은 '나'를 만나고 있는 게 아닌 것이다.

하루는 마음을 단단히 먹었다. 더 이상 내가 괜찮지 않다는 걸 뒤늦게 알았던 날이다. 약간의 솔직함을 허용했다. 두 눈을 꼭 감고 내가 싫어하는 게 무엇인지 말했다. 그런데 큰일이 생겼다. 어떤 일도 일어나지 않았다. 그게 내겐 큰일이었다.

"그렇게 생각하는구나, 의견을 존중할게"라는 말에 가면 하나가 툭하고 떨어졌다. 내 솔직함에 관계가 멀어질 거라 생각했지만, 오히려 더 가까운 사이로 이어지는 계기가 됐다. 내 의견도 존중받을 수 있구나 싶었다. 벽이 허물어졌다. 나와, 당신과, 그리고 진짜 나 사이에 있던 벽.

말을 꺼낼 때 우린 선택을 하게 된다. 쉬운 길을 통할 것인지 혹은 어려운 길을 통할 것인지 사이의 선택이다. 쉬운 길은 나를 거치지 않는다. 오로지 상대를 향해 달려간다. 관계의 지속성을 먼저 생각한다. 그 사람이 어떤 말을 들어야 기분이 좋을까. 혹여 내가 내뱉은 말에 상처받진 않을까. 그래서 하게 되는 "괜찮다"는 말. 상대를 배려하는 말이지만, 나를 배려하는 말은 아니다.

어려운 길은 나를 거친다. 한 번이 아니라 수없이 많은 생각을 거친 뒤 입 밖으로 나온다. 그 과정에서 어두운 감정이 조금씩 묻을 수 있다. 그 또한 나인 거다. 이렇듯 생각이 흘러넘치는 말이 전해져야 상대방이 나에 대해서 생각하게 된다. 비로소 진짜 나를 알게 되는 것이다.

남을 존중하기 전에 나를 존중해야 한다. 솔직함이

관계를 끊어낼까 두려운 마음이 들 수 있다. 하지만 수많은 생각과 감정을 혼자 감당하는 게 더 외로운 일이다. 나를 설명하고, 이해받고, 그러면서 서로를 알아가는 일. 아름다운 관계엔 '진짜 나와 당신'이 있다.

그러니, 괜찮지 않아도 정말 괜찮다.

다른 점이
많을수록
배울 점도 많다

친구들과 옛 시절을 곱씹어 보다가 여행 가방에 대한 내용이 화두에 올랐다. 가방 꾸리는 것을 보면 그 사람의 성격이 보인다는 내용이었다. 한 명씩 돌아가며 자신의 여행 철학을 이야기해 보니 그 이유를 알 수 있었다. 이성에게 관심이 많은 친구는 '잘 보이는 것'이 여행의 핵심이라 말했다. 그 친구의 가방 속엔 늘 화려한 옷이 한가득 있었다. 간식을 주로 챙기던 친구는 '잘 먹는 것'이 중요하다 말했고, 관광명소가 일목요연하게 정리된 지도를 챙기던 친구는 '잘 즐기는 것'보다 중요한 건 없다고 했다.

내 여행 철학은 '잘 기억하는 것'이다. 여행을 갈 때면 디지털카메라와 비상약품을 가장 먼저 챙기곤 했다. 여행지에서 찍은 사진이 많으면 오래도록 즐겁게 기억할 수 있을 것이라 믿었던 까닭이다. 아파서 고생한 여행으로 기억하기 싫다는 마음도 있었다. 카메라를 가져갈 수 없을 땐 그 지역에 사진관이 있나 찾아보기도 했다. 비상약품이 부족할 땐 기차역 인근의 약국이나 병원의 위치를 미리 알아두기도 했다. 덕분에 안 좋은 기억으로 남아 있는 여행은 하나도 없다.

여행지는 같았지만 가방 속에 챙기는 물품은 저마다 달랐다. 그 차이로 인해 다투기보다는 오히려 그 덕을 본 적이 많았다. 예고 없이 먹구름이 찾아와 물에 빠진 생쥐꼴이 되었을 땐 친구가 여분으로 가져온 옷 덕분에 여행을 이어나갈 수 있었다. 마땅한 음식점을 찾지 못해 식사시간이 늦어졌을 땐 친구가 가방 속에서 주섬주섬 꺼낸 간식 덕분에 허기를 달랠 수 있었다. 누군가 갑자기 아프거나 머리에 열이 날 땐 내가 챙겨온 상비약 덕분에 한시름 놓을 수 있었다. 서로 다른 여행 철학 덕분이었다.

인간관계 또한 여행 가방 꾸리는 일과 비슷하지 않을

까. 누구나 자신이 중요하게 여기는 가치관이 하나쯤 있다. 누군가는 우정 같은 사랑을 해야 오래갈 수 있다 말하지만, 누군가는 마음이 활활 타오르지 않으면 그건 사랑이 아니라고 말한다. 일이 산더미처럼 쌓였을 때도 그렇다. 느긋하게 쉬었다가 몰아서 하는 사람도 있지만, 빨리 처리하지 않으면 고구마 먹은 듯한 답답함을 느끼는 사람도 있다. 어딘가엔 결과가 안 좋으면 의미 없다 말하는 사람도, 돈보다 명예가 좋다 말하는 사람도, 가족보다 연인에게 최선을 다해야 한다 말하는 사람도 있다. 정답은 없다. 그저 자신이 옳다고 믿는 것이 서로 다를 뿐이다.

여행지에선 서로 다른 짐가방이 도움 될 때가 많지만 인간관계에선 이게 큰 문제처럼 느껴지곤 한다. 가치관이 다른 사람과 연을 유지하다 보면 의견 차이로 얼굴 붉히는 일이 생기기 때문이다. 대부분의 관계는 이런 마찰에 불이 붙어 끝내 폭발하고 만다. 이런 관계를 몇 번 겪으면 '가치관은 극복할 수 없는 벽이다'라는 생각이 들기 시작한다. 오래 볼 사람일수록 나와 닮아 있어야 한다는 욕심도 이때 생긴다. 어쩌면 낭연한 마음일 것이다. 인생은 여행처럼 며칠 떠났다 되돌아오는 게 아니기 때문이다. 조심스러워질 수밖에 없다.

그러나 한 사람을 오래 지켜보면 관계의 본질이 무엇인지 깨닫는 날이 온다. 그때 알게 되는 듯하다. 나와 같은 가치관을 지닌 사람은 결코 없다는 것. 아무리 비슷해 보이는 사람도 살아온 환경이 다르기에 나와 다른 점이 꼭 하나쯤 있다는 것. 모든 관계에는 크고 작은 마찰이 필연적으로 생긴다는 것. 그런 차이점을 조율해 가며 성장하는 게 사람이라는 것. 인생에는 서로 다른 점이 필요한 순간도 있다는 것. 그러니까, 관계의 본질은 내가 가지지 못한 점을 다른 이로 하여금 가지게 되는 것이다.

그러므로 나와 상대방의 가치관이 다르다고 무조건 거리를 두거나 꽉 막힌 시선으로 바라보며 경계할 필요는 없을 것이다. 이미 가치관 차이로 마음고생하고 있다면 '인생은 조금 긴 여행에 지나지 않는다'라고 생각해 보면 좋겠다. 여행 가방 속에 넣는 물품이 제각각이듯, 마음속에 있는 가치관 또한 제각각임을 수긍해야 한다. '이 사람은 나와 다른 여행 철학을 가지고 있구나' 쯤으로 여기고 넘어가면 될 일이다. 당장은 약간 서운하겠지만 결국 그 덕을 보는 날이 온다. 애초에 인생은 한 가지 철학으론 도저히 헤쳐나갈 수 없는 복잡한 미로이기 때문이다.

나는 여행 가방보다 여행지에 초점을 두어야 한다고 믿는다. 같은 물품을 챙기는 것보다 같은 장소로 여행을 떠나는 게 먼저라는 뜻이다. 때론 먹구름을 만나기도, 허기지기도, 아프기도 하겠지만 그 또한 같은 여행지에 있어야만 서로의 기억에 새길 수 있는 순간이다. 삶의 가치관보다 삶의 방향이 같아야 한다. 평생을 함께 해야 할 동반자가 나와 다른 방향으로 달려가고 있다면, 아무리 비슷한 가치관을 지닌 사람이라 해도 의미가 없을 것이다. 어쩌면 그건 동반자가 아니라 경쟁자라 불러야 할지도 모른다.

요즘은 누군가와 여행을 떠날 때 서로 무엇을 챙기는지 미리 공유하곤 한다. 가방 속에 넣는 물건이 겹치지 않도록 하기 위함이다. 인간관계에서도 그렇다. 서로 닮은 점을 찾기보다는 서로 다른 점을 찾기 위해 노력한다. 상대방의 부족한 점을 채워줄 만한 부분이 나에게 있는지, 어떻게 하면 그 차이점을 관계의 장점으로 활용할 수 있을지 고민한다. 다른 점이 많을수록 배울 점도 많다는 것을 느낀다. 한정된 삶에 다양한 철학을 새기는 일과 한정된 가방에 다양한 물품을 넣는 일. 아무리 봐도 비슷하다. 인간관계는 여행 가방과 똑 닮았다.

관계의 매력은 차이점에 있다.

오지랖 넓은 사람은
당신을
아끼고 있다

한 사람을 유심히 지켜보면 그 사람이 나를 얼마나 아끼는지 알게 되는 순간이 있다. 그중 하나는 상대방과 함께 거리를 거닐 때다. 내 보폭에 걸음 속도를 맞춰주는 사람이 있는가 하면, 멀찌감치 앞서가다 갑자기 뒤돌아 "왜 이리 늦게 걷냐"라며 불평을 늘어놓는 사람도 있다. 차와 부딪히지 않도록 나를 인도 쪽으로 끌어주는 사람이 있는가 하면, 자기 걷는 길만 살피는 사람도 있다.

비단 함께 길기를 거닐 때 보이는 행동뿐만은 아니다. 일상적인 대화 속에서도 이러한 '아낌'을 느끼게 해

주는 사람들이 있다. 특별한 고민거리를 털어놓은 것도 아닌데 걱정해 주는 말투로 안부를 묻거나 해결책을 제시해 주는 사람. 지금 당장 필요한 말은 아니지만 훗날 나에게 도움이 될 만한 조언을 진지하게 건네주는 사람. 당장은 다소 불편한 대화일지 몰라도 나를 아끼는 마음이 있기에 기어코 신경을 쓰는 것이다.

요즘 세상에 안타까운 점이 하나 있다면, 이렇게 아끼는 마음을 '정'이 아니라 '간섭'으로 받아들인다는 점이다. 가까운 사람에게는 "내가 알아서 하겠다"는 말로, 가깝지 않은 사람에게는 "내 인생 대신 살아줄 거 아니면 신경 쓰지 마라"는 말로 받아친다. 최근에 많은 사람이 마음을 닫은 채 다소 이기적으로 사는 것도 아마 이 때문일 것이다. 아껴주고 욕먹을 바에야 차라리 무시하는 쪽이 서로에게 편하니 말이다.

'오지랖이 넓다'는 말이 있다. '오지랖'은 겉옷의 앞자락이라는 뜻으로, 이 부분이 넓을수록 몸이나 옷을 더 많이 감쌀 수 있다. 즉 오지랖이 넓다는 것은 상대방을 감싸는 마음의 폭이 그만큼 넓다는 뜻이기도 하다. 이렇게 보면 참 좋은 말처럼 들린다. 내 인생이 아님에도 상대방을 생각하고 걱정해 준다는 것은 쉽지 않기 때문이다. 그러나 안타깝게도 이 말은 쓰임새가 썩 좋지 않다. 귀찮게 느껴지거나 듣기 싫은 말일 때 주제넘지 말라며 상대방을 비난하는 말로 쓰일 뿐이다.

요즘은 오지랖이 너무 넓은 것보다 오히려 오지랖이 너무 좁은 게 더 큰 문제처럼 느껴진다. 예전에 비해 관심을 기울이는 순간이 별로 없다. 엘리베이터에서 만난 이웃에게 하루의 안부를 묻는 일. 가을이 끝나갈 무렵 배추김치를 한가득 담가 옆집에 한 포기 나누어 주는 일. 정신없이 뛰노는 아이들에게 "다칠 수 있으니 조심해라" 한마디 건네는 일. 이제는 일어나기 어려운 일이다. 왠지 불순한 의도가 담겨 있을 것 같아 의심스럽고, 괜한 눈총을 받을까 조심스럽다.

무관심이 정석으로 받아들여지고 있는 세상이다. 동네 이웃과의 관계뿐만 아니라 친구, 연인, 가족 관계에서도 서로의 관심이 예전 같지 않은 듯 보인다. 그런데 사람 마음이 참 변덕스럽다. 관심받지 않기를 바라면서도, 관심받지 못한다는 이유로 어긋나는 게 관계이기 때문이다. 내버려 두면 알아서 잘할 것이라는 생각은 각자 살아가는 삶의 방식과 자유를 존중해 주는 듯하지만, 사실 관계에는 이보다 해로운 생각도 없다. 내버려 두면 시드는 게 바로 관계다.

나는 관계에서만큼은 오지랖이 어느 정도 필요하고, 또 이를 받아들이는 태도가 필요하다고 생각한다. 여기서 '받아들인다'는 상대방의 말과 행동을 전부 수용한다기보다는, 그 노력 자체를 이해해 주는 것에 가깝다. 정, 관심, 간섭, 참견, 오지랖 등 어떤 단어로 포장하든 본질은 같다. 상대방을 아껴주는 일이다. 일의 경중을 떠나 에너지를 소모해야만 건넬 수 있는 마음이다. 누군가를 아끼는 마음이 없고 또 이것을 알아주는 사람이 없는 세상이란 생각만으로도 삭막하기 그지없다.

대개 사람들은 오랜만에 만난 지인과 주고받아야 할 첫 질문을 잘 알고 있다. "잘 지냈냐"는 짧은 물음이다. 단 한마디지만, 이 말이 지나간 시절을 조각 삼아 퍼즐 놀이를 하게 만든다. 그동안 어떻게 살았는지, 밥은 잘 먹고 다녔는지, 힘든 일은 없었는지 물으며 서로의 시간을 기분 좋게 엮는다. 나는 이런 짧은 안부 인사가 모든 관계의 핵심이라 믿는다. 오랜만에 만난 지인뿐만 아니라, 매일 보는 사람에게도 똑같은 질문이 필요하다. '그동안' 잘 지냈는지가 아니라, '지금 당장' 잘 지내는지 말이다.

사람을 아끼는 일은 돈이나 시간을 아끼는 일과는 다르다. 보석이나 귀중품 다루듯 조심스레 어루만지는 것도 아니다. 그보다는 매사에 궁금증을 품고, 누구보다 잘 되기를 바라며, 비록 그 삶을 대신 살아줄 수는 없지만 내 삶처럼 적극적으로 들여다보는 일이다. 나를 상대방에게 투영하는 일인 것이다. 가깝지만 먼 듯한 관계가 있다면, 간단한 안부로 먼저 한 걸음 다가가 보았으면 한다. 그 한 걸음이 쌓여 지구를 몇 바퀴나 돌게 해줄 것이다.

> 결국 마음에 닿는 것도 정이고,
> 끝까지 마음에 남는 것도 정이다.

진심어린
거짓

본가에서 멀리 떨어져 지내는 탓에 어릴 적 친구들을 만날 기회가 별로 없다. 그래서인지 직접 만나기보다는 통화하거나 문자를 주고받으며 연을 유지하고 있다. 오랜만에 연락이 닿을 때면 그동안의 안부를 묻는 일로 대화를 시작한다. 요즘 어떻게 지내냐며, 별다른 문제는 없냐며, 특별한 사건 사고는 없냐며. 서로의 대답도 항상 비슷하다. 잘 살고 있다며, 별다른 문제 없다며, 그냥 똑같다며. 그렇게 안부 주고받기를 반복한 지도 벌써 십 년이 훌쩍 넘었다.

어쩌면 십 년이 넘는 세월 동안 서로를 속여왔는지도

모르겠다. 잘 살고 있다는 것, 별다른 문제 없다는 것, 그냥 똑같다는 것. 껍데기를 한 꺼풀만 벗겨보면 그 대답은 결코 진실이 될 수 없음을 느낀다. 과한 업무량에 치여 몸살을 앓았고, 병원에 가서 주사를 맞기도 했다. 이상한 사람과 엮여 감정을 소모하는 일도 있었고, 분이 풀리지 않아 밤잠을 설치기도 했다. 때론 하루가 다르게 급변하는 세상 속에서 앞으로 어떻게 살아야 하나 걱정하기도 했다. 어쩌면 서로에게 들려준 말은 전부 마음속에 품고 있는 희망 사항이었을지도 모른다. 그게 최선의 대답처럼 보였을 테니.

틀림없는 거짓이다. 어찌 됐건 상대방을 속이는 행위이기에 좋은 행동처럼 보이진 않는다. 그러나 요즘은 모든 거짓을 꼭 나쁘게만 바라볼 필요는 없다고 느낀다. 좋은 의도를 품은 거짓도 존재하기 때문이다. 상대방이 나를 걱정하지 않았으면 하는 배려심으로 인해 튀어나오는 말은 설령 그게 거짓이라 할지라도 내게 이득이 되지는 않는다. 진심이 가득하지만 거짓처럼 보이는 것뿐. 말 한마디를 부드럽게 다듬기 위해 약간의 진실까지 다듬어야 하는 것뿐이다.

생각해 보면 나는 어려서부터 거짓말을 특히 싫어했

다. 신뢰보다 중요한 것은 없다고 배우며 자랐기 때문이다. 어떤 상황에 놓이든 상대방을 속이지 않기 위해 최대한 노력했고, 믿음을 쌓기 위해 언제나 진솔한 태도를 유지했다. 약간이라도 거짓을 더하고 싶은 마음이 들면 차라리 침묵했다. 이와 상반되는 사람을 멀리하기도 했다. 거짓임이 훤히 보이는 말과 행동을 반복하는 사람. 빈말로 사람의 마음을 움직여 보려는 사람. 이들을 실속 없는 사람이라 생각했다.

어느 정도 나이가 들면서 깨달은 건, 한 점 거짓 없이 투명하게 사는 건 불가능하다는 사실이었다. 살다 보면 약간의 거짓을 첨가해야 하는 상황이 반드시 생기기 마련이었다. 그러나 원래 알고 있던 거짓과는 사뭇 거리가 있었다. 나를 위한 게 아니라 상대방을 위한 것이었다. 꺼져가는 불씨를 되살리기 위해 격려의 말을 건넬 줄도 알아야 했다. 서로의 의견이 달라 감정이 앞서더라도, 당신을 향한 내 마음엔 변함이 없다는 확신을 말할 줄 알아야 했다.

진실이 늘 좋은 역할을 하는 것은 아니다. 어떤 진실은 펜싱 칼처럼 뾰족해서 마음에 쉽게 구멍을 냈다. 솔직한 표현을 절제하지 못하는 사람이 좋은 관계를 유지하지 못하는 것을 지겹도록 봤다. 제아무리 투명한 말이라 할지라도 적절한 상황에 꺼낸 게 아니라면 어둡게 물들 뿐이었다. 반면 거짓이라 하더라도 좋은 마음을 담으면 약이 되기도 했다. 어떤 진실은 관계를 쉽게 무너트렸고, 어떤 거짓은 오히려 관계를 끈끈히 엮었다.

한 점 거짓 없는 투명한 사람이란 어디에도 존재하지 않을 것이다. 인생에는 상대방을 위해, 혹은 서로를 위해 거짓말을 해야 하는 상황이 생기기 마련이니 말이다. 그러나 똑같은 거짓이라 해도 본질이 다르다. 경로는 같아도 목적지가 다르다는 것이다. 누군가는 상대방을 속이기 위해 거짓을 내뱉지만, 누군가는 상대방을 배려하기 위해 거짓을 다듬는다. 명확한 차이점도 있다. 전자는 상대방이 거짓임을 모르길 바란다는 것이고, 후자는 상대방이 내심 알아주길 바란다는 것이다. 당신을 이만큼이나 배려하고 있다는 것을.

어찌 보면 관계에서 가장 중요한 건 거짓을 얼마나 잘 전하느냐가 아닐까 싶다. 솔직해야 한다는 명목으로 속마음을 있는 그대로 끄집어내는 일이나, 관계에 커다란 흠집이 생기든 말든 일단 진실을 토해내야 한다는 믿음은 오히려 관계를 망칠 수 있다. 어떤 진실은 말하지 않는 편이 낫다. 거짓을 말하는 것보다 관계에 더 안 좋은 영향을 끼친다. 진실을 말하고 있지만, 과연 그 진실이 관계에 긍정적인 영향을 끼칠 것인지는 깊게 생각해 보아야 한다.

만약 원만하게 흘러가지 않는 관계가 있다면, '진솔한 거짓'을 잘 이용하고 있는지 확인하면 좋을 듯하다. 모든 거짓이 관계에 흠집을 내는 것은 아니다. 단지 말 한마디를 얼마나 부드럽고 따스하게 세공하느냐의 차이다. 상대방이 상처입지 않도록 장미꽃의 가시를 다듬는 일. 그 사람을 향한 배려다. 반대 입장에서도 마찬가지일 것이다. 상대방의 거짓을 겉으로만 판단하지 않는 일. 그 속에 담긴 진솔함을 알아주기 위해 노력하는 일. 그런 알아차림이 쌓여 관계를 빛낸다고 믿는다.

어떤 진심은 거짓으로밖에 표현할 수 없다.

자세히 보아야
예쁘다

바다 앞으로 이사 온 지도 벌써 몇 년이 흘렀다. 이사 후 한동안은 시간이 날 때마다 집 앞에 나가 산책을 했다. 파도 소리가 잔잔히 울려 퍼지는 해안가를 따라 걷고 나면 "그래, 이 맛에 살지"같은 말이 절로 튀어나왔다. 왠지 특별하고 낭만적인 삶을 사는 것 같아 기분이 좋았다. 친구들에게 가장 많이 들었던 말은 "부럽다"였다. 특히 서울에 사는 친구들이 나를 많이 부러워했다. 심심할 때마다 바다 구경을 할 수 있으니 참 좋겠다고. 서울은 바다는커녕 연못 구경하는 것조차 힘들다고.

그런데 언제부턴가 그 감흥이 사라졌다. 집 앞에 나가는 게 즐겁거나 낭만적으로 느껴지지 않기 시작했다. 바다가 아니라 동네 주변을 돌아다니는 느낌만 들었다. 환경이 변한 탓은 아니었다. 여전히 바다는 한결같이 그 자리에 있었고, 여전히 친구들은 내 산책을 부러워하고 있었다. 아마도 내 마음이 변한 탓이었을 것이다. 항상 곁에 있는 장소이기에. 심심할 때마다 볼 수 있는 바다이기에. 그게 당연하다고 생각한 탓에 신선함이 지루함으로 변해버린 것이다.

이후론 동네를 벗어나기 시작했다. 걸어서 삼십 분정도 가면 작은 항구가 있는데, 한동안은 그곳에서 바다 구경을 했다. 역시 오래 가진 못했다. 집 앞 바다처럼 지루해졌다. 그때마다 조금 더 먼 곳으로 발걸음을 옮겼다. 한 시간 거리에 있는 바다를 가기도 했고, 차로 세시간을 달려 다른 지역의 바다를 찾기도 했다. 그마저도 지루해지는 건 마찬가지였다. 어느 거리에 있든 바다라는 본질은 같았으니, 그 감정은 좀처럼 오래 지속될 순 없었다.

최근 들어서야 느낀 건, 내가 너무 큰 덩어리만 보고 있었다는 것이다. 조금 더 자세히 들여다볼 줄 알아야 했는데, 바다에 정신이 팔려 겉만 핥고 있었다. 집 앞 해안가 중앙에는 이층으로 된 나무 전망대가 있었고, 그 주변엔 연인들이 서로의 손을 꼭 붙잡고 있었다. 포근한 날엔 모래사장을 무대 삼아 공연이 열렸고, 누군가는 공연은 안중에도 없고 달리기 연습에 바빴다. 강아지를 산책시키는 가족도 있었고, 설문조사를 위해 무리 지어 돌아다니는 학생도 있었다. 자세히 보니 알게 되었다. 그 장소만의 특별함이 있다는 것을.

인간관계도 별반 다르지 않음을 느낀다. 자세히 보아야 안다. 그 사람만의 특별함이 있다는 것을. 한 사람을 계속 만나다 보면 그 사람에게 지루함이 느껴지기 시작한다. 바다가 익숙해지듯 사람도 익숙해지기 때문이다. 대개 사람들은 이 순간을 부정적으로 여기는 듯하다. 관계가 권태기에 접어들었다고, 그 사람이 예전 같지 않고, 보기만 해도 지긋지긋하다고 말한다. 더 이상 대화할 주제도 없고, 새로운 감정을 느낄 수도 없다며 불만을 토로한다. 큰 덩어리만 보니 당연히 지루해질 수밖에 없다.

쉽게 지루함을 느끼는 사람을 몇 안다. 이들에게는 공통점이 하나 있다. 자세히 들여다보는 '관찰력'이 없다는 것이다. 그래서인지 무엇이든 쉽게 바꾸곤 한다. 애틋하게 만나던 연인에게 이별을 통보하고, 뼈를 묻겠다며 들어간 회사에서 뛰쳐나온다. 계속해서 취미를 바꾸고, 다른 지역으로 이사를 다니기도 한다. 환경을 계속 바꾸어 보지만 어느 한곳에 정착하질 못한다. 누굴 만나든 어딜 가든, 결국 지루해지는 건 마찬가지이기 때문이다. 지루함을 벗어나려면 큰 덩어리를 쪼갤 줄 알아야 한다.

사람은 적응의 동물이다. 무엇이 되었든 결국 익숙해지기 마련이라는 것이다. 자전거를 안정적으로 타는 일, 맥주를 거품 없이 따르는 일, 김치를 맛있게 담그는 일. 이런 일들이 갈수록 쉬워지는 것도 같은 이유에서다. 무언가에 대한 능률이 상승한다는 것은 분명 긍정적인 일이다. 그러나 관계에서 능률이 좋아진다는 말은 썩 달갑게 들리지 않는다. 덜 노력해도 되는 관계가 되었다는 뜻과 같으니 말이다. 익숙해지는 건 당연한 일이지만, 관계에선 이보다 서운한 게 또 없다.

이런 당연함으로 인해 눈이 멀지 않으려면 보다 자세히 들여다보는 '관찰력'이 필요하다. 내 앞에 놓인 상대방을 단순히 '사람'이라는 큰 덩어리로 보는 것이 아니라, 작은 덩어리가 뭉친 하나의 '세계'로 보는 것이다. 어떤 옷을 입었는지, 헤어스타일은 어떤지, 입꼬리는 올라가 있는지, 어떤 생각을 하고 있는지 찬찬히 살펴본다. 자세히 보면 그 사람만 가지고 있는 특별함이 있다는 것을 알 수 있다. 새롭게 이야기할 거리가 생기는 건 덤이다. 그 사소함을 끊임없이 확인하는 일이야말로 관계의 지루함을 없애는 유일한 방법이다.

종종 여러 친구가 안부를 물어온다. 늘 같은 질문이다. 요즘 뭐 하며 사냐고. 잘 지내냐고. 내 대답도 언제나 같다. "퇴근하고 글 쓰다 잤지, 뭐." 대부분은 그 대답으로 대화가 끝나지만, 어떤 친구는 나를 조금 더 자세히 파고든다. 오늘은 어떤 글을 썼느냐고. 업무 때문에 스트레스 받진 않느냐고. 그제야 느낀다. 나에게 지루함을 느끼지 않기 위해 노력하고 있다는 것을. 나에게 정착하기 위해 애쓰고 있다는 것을. 아무래도 관계는 광산과 같은 듯하다. 깊이 들어가는 사람만이 캘 수 있는 보석이 있다. 세상에 단 하나뿐인 보석이.

관계의 소중함은 노력하는 만큼 보인다.

첫인상은 3시간
취향은 3개월
가치관은 3년

사람이 사람을 판단한다. 그것도 너무 쉽게. 인생을 살면서 겪게 되는 수많은 괴로움 중 상당수가 사람에게서 온다. 그래서인지 사람에게 상처를 받게 되면 새로운 만남을 경계하게 된다. 또 다른 상처를 받기 싫다는 이유로 마음 표면에 가시덩굴을 두르는 것이다. 그 덩굴이 자신의 마음에 흠집을 낸다는 것도 모른 채로 말이다.

어떤 관념은 벽을 쌓는다. 여러 관념들 중에서 특히나 인간관계를 쉽게 해치는 건 단연코 '고정관념'일 것이다. '눈매가 별로인데 성격도 험악하겠지', '나랑 잘 안 맞으니까 거리를 둬야겠다', '생각이 글러먹었으니 삶도 별다를 바 없겠지'와 같은 생각이 마음속에서 뭉게뭉게 피어오른다.

관념이란 얼마나 무서운가. 그동안 겪은 경험을 바탕으로 만들어진 나만의 성능 좋은 레이더. 삐 소리가 나는 순간, 그 사람과의 관계는 거기서 끝이 난다. 무슨 짓을 하든 절대로 마음의 문을 열고 들어올 수 없다. 지금까지 겪었던 사람과 똑같을 게 뻔하다는 생각이 드는 탓이다. 그런데 살아보니 한 가지 확신이 드는 게 있다. 세상에 똑같은 사람은 없다는 거다.

한동안 사람을 경계하며 살았다. 신뢰를 깨는 사람에게 상처받는 것이 지긋지긋했던 시절이었다. 나와 아주 딱 들어맞는, 좋은 사람과 연을 쌓아나가야겠다고 다짐했다. 처음 보는 사람을 여러 차례에 걸쳐 판단하고, 내 기준에 합격해야만 마음의 문을 하나씩 열었다. 일류 기업 면접을 봐도 그것보단 쉬웠을 것이다.

얼마나 스스로를 옭아매는 짓을 하고 있었는지 뒤늦게 깨달았다. 모든 기준을 통과한 사람, 그러니까 '좋은 사람'이라고 판단했던 사람에게 뒤통수를 맞았다. 사람은 어느 정도 시간이 흐르면 가면을 하나둘 내려놓게 된다는 걸 깨달았다. 하기야 나 또한 마찬가지인데, 남이 그러지 않으리란 법은 없었다.

반대의 경우도 있었다. 모든 면에서 내 기준에 적합하지 않았던 사람, 무작정 거리를 두고 친해지지 말아야겠다고 다짐했던 사람이 어느샌가 스며들듯 마음에 들어온 적도 있었다. 다정하고 따스한 기질은 뒤늦게 튀어나오기도 한다. 미처 인지하지 못했던 것일 수도 있고. 세상에 똑같은 사람은 없다. 너무 쉽게 사람을 '좋다', '싫다' 판단해서는 안 되는 것이다.

사람을 판단해야 할 때면 나만의 인간관계 철학인 333 법칙을 적용한다. 첫인상은 3시간, 취향은 3개월, 가치관은 3년을 최소한 지켜본 후에 판단하자는 것이다. 이 시간이 지나기 전에는, '저 사람은 이런 사람일 거다'라며 함부로 판단하지 않는다. 이런 기준조차 넉넉한 시간은 아니지만, 색안경을 끼고 보는 일이 확연히 줄어든다.

우리는 얼마나 빠르게 사람을 판단하나. 나를 바라보는 눈빛, 사용하는 문장의 온도, 대화에 임하는 표정, 그리고 흘러나오는 "안녕하세요"라는 인사가 첫인상을 결정짓는다. 3초도 걸리지 않는다. 몇 번 만나보지도 않고 그 사람의 취향을 판가름하기도 한다. 심도 있는 대화를 나눠보지도 않았으면서 상대의 가치관을 못 박기도 한다. 판단의 속도는 세월이 지날수록 빨라지기만 한다. 사람 보는 눈이 있다며 제멋대로 생각하고, 그런 허상을 주변에 퍼트리기까지 한다.

끊임없는 관찰을 통해서만 사람의 진가를 확인할 수 있다고 믿는다. 사람은 책과 같아서, 다 읽어보지 않고선 도무지 알 수가 없다. 겉표지만으로는 결말을 예측할 수 없고, 그래서도 안 된다. 사람을 쉽게 판단하지 않을 것. 관계에서 그보다 더 현명한 자세란 없을 것이다.

세상 어디에도
순식간에 알 수 있는 사람은 없다.

잘 맞는 관계보다
잘 맞추어 가는
관계

　　　많은 사람이 인간관계를 어려워한다. 어쩌면 그럴 수밖에 없을지도 모른다. 사람과 사람 사이에서 생기는 문제보다 변덕스러운 것도 없기 때문이다. 친구들과는 별 탈 없이 지내지만 연인 관계에만 들어서면 깊은 한숨을 내뱉는 사람도 있다. 사회에선 유능한 직장인이지만 퇴근 후 집 현관문만 열면 꿀 먹은 벙어리가 되는 사람도 있다. 누군가는 이성 관계보다 동성 관계를 어려워하고, 누군가는 선배 관계보다 후배 관계를 어려워한다.

　어떤 문제가 되었든 그 어려움을 방치하고자 하는 사

람은 없을 것이다. 누구나 좋은 관계를 유지하길 원하고, 괜찮은 사람을 만나기를 원하고, 또 스스로가 그런 사람으로 거듭나기를 원한다. 그러나 가장 큰 문제는 사람 문제엔 정답이 없다는 것이다. 책에 적힌 의미심장한 구절을 활용해도, 동영상을 통해 인간관계에 대해 배워 봐도, 같은 문제를 겪어본 친구의 경험을 빌려봐도 내가 겪는 어려움은 해결할 수 없을 때가 많다. 상황은 똑같을지 몰라도, 사람까지 똑같을 순 없기 때문이다.

생각해 보면 사람보다 다양한 존재도 없다. 다툰 즉시 대화로 풀어야 마음 편히 잘 수 있는 사람도 있지만, 한숨 자고 나서야 마음이 편해져 이성적인 대화를 나눌 수 있는 사람도 있다. 문제를 해결하는 데 초점을 맞추는 사람도 있지만, 문제 해결보다 감정적인 공감과 위로를 더 중요하게 여기는 사람도 있다. 자신에게 책임을 돌리는 것이 배려라 생각하는 사람도 있지만, 갈등의 원인을 명확히 하는 것이 중요하다 생각하는 사람도 있다. 모든 문제에 같은 풀이를 적용할 수 없는 건 어찌 보면 당연한 일이다.

이에 피곤함을 느낀 것인지, 요즘 사람들은 관계의 끈을 너무 쉽게 잘라버리는 경향이 있다. SNS 상에서 마음에 들지 않는 사람을 클릭 한 번으로 차단하는 것처럼, 현실에서도 '못 해먹겠다'라는 생각이 들면 곧장 등을 돌린다. 긴 시간 만나보지도 않고 이별을 통보하는 사람도 있고, 딱 한 가지 문제 때문에 오랫동안 이어온 관계를 포기하는 사람도 있다. 이윽고 애초부터 나와 잘 맞는 사람을 만나야겠다고 다짐한다. 그게 훨씬 효율적일 것 같기 때문이다.

이런 단절이 갈수록 심화하는 이유는, 내 인생을 다른 이의 것과 비교하는 심리가 깊이 자리 잡은 까닭이 아닐까 싶다. 주변 사람보다 좋은 관계를 맺길 원하고, 또래 중에서 가장 발 넓은 사람으로 보이길 원하고, 관계의 핵심 인물이 되기를 원하고, 또 그것을 누군가에게 은근히 자랑하기를 원한다. 언젠가부터 인간관계는 이력서에나 적는 스펙 중 하나가 된 것 같다.

그럼에도 불구하고, 어딘가엔 모든 관계를 별 탈 없이 이끌어가는 사람들이 있다. 사람을 본인 스펙을 위한 도구 취급하지 않고, 인맥을 자랑하며 돌아다니지도 않는다. 이들은 친구, 연인, 가족, 직장 동료 등 두루두루 무난한 관계를 이어간다. 사람으로 인해 큰 스트레스를 받지도 않고, 눈에 거슬리는 점 때문에 관계를 단절하지도 않는다. 이들이 가진 특별한 능력이 있다면, 그건 아마도 그 관계를 믿을 줄 아는 능력일 것이다.

똑같은 어려움을 마주해도 그것을 받아들이는 방식이 다르다. 어떤 사람은 '이 관계에 큰 문제가 생겼다'라고 생각하지만, 어떤 사람은 '이 정도쯤은 아무런 문제가 아니다'라고 생각한다. 결국엔 잘 해결될 것이라는 믿음이 있기에 어느 관계든 쉽게 손 놓는 법이 없다. 오히려 드높은 벽처럼 보이는 문제를 밀어서 넘어트린다. 그 벽이 서로를 잇는 튼튼한 다리가 될 수 있음을 잘 알고 있기 때문이다. 관계를 믿을 줄 아는 사람은 상황을 문제로 여기지 않는다.

그러므로 관계에서 꼭 필요한 자세가 있다면, '상황의 문제'를 '관계의 문제'로 끌고 오지 않는 자세일 것이다. 죄는 미워하되 사람은 미워하지 않는 자세 말이다. 눈에 거슬리는 부분이 있더라도, 둘 중 한 명이 실수를 저지르더라도, 감정이 격해져 다소 거친 말이 튀어나오더라도, 그저 단편적인 사건으로 여기면 된다. 싸우면 화해하면 되고 안 맞는 부분은 맞춰가면 될 일이다. 맞출 수 없는 구석이 있다 할지라도 적당히 품고 가는 것 또한 관계에서만 해낼 수 있는 따스한 노력이다.

나는 사람과 사람 사이에 보이지 않는 끈이 존재한다고 믿는다. 어떤 관계는 쇠사슬처럼 견고하게 이어져 있지만, 어떤 관계는 거미줄처럼 희미하게 이어져 있다. 어떤 끈이 됐건, 결국 그 끈을 잘라내는 건 상황이 아니라 사람이다. 관계의 끈은 내 의지로 직접 잘라내기 전까진 결코 끊어지는 법이 없기 때문이다. 잇는 것도 내 몫이지만, 끊는 것도 내 몫이라는 말이다. 그러니 '상황'이 아니라 '관계'를 볼 줄 알아야 한다. 그 사람과 평생 함께할 수 있다면, 아무리 어려운 문제라 해도 차근차근 풀어나갈 수 있다.

좋은 관계는 잘 맞는 관계가 아니라
잘 맞추어 가는 관계다.

나와 어울리지 않는
사람이
필요한 이유

　　사람을 골라 사귀기 시작한 건 내가 어떤
사람인지 깨닫고 난 이후부터였다. 그 시절 깨달은 바
에 의하면 난 대체로 생각이 많고 말수가 적은 사람이
었다. 당장 눈앞에 놓인 문제를 해결하는 것보다는 추
후 똑같은 문제가 생기지 않도록 고민하는 게 훨씬 중
요하다고 믿는 사람이었다. 세상을 바라볼 때는 머리보
다 마음을 적극적으로 이용하는 사람이었다. 계획 없이
돌아다니기보다는 5분 단위로 일정을 짜놓아야 앞을
바라볼 수 있는 사람이었다.

　　내가 어떤 사람인지 깨닫고 나니 곁에 두어야 할 사

람의 기준 같은 것도 스스로 정할 수 있었다. 지금도 그 기준에 큰 변화는 없지만, 그 시절엔 유독 함께 있을 때 마음이 편해지는 사람을 곁에 두고 싶었다. 그런 사람은 대개 나와 비슷한 부류의 사람이었다. 마음속 깊은 곳까지 파고들어 생각을 추출해 오는 사람. 고독과 번뇌를 즐기는 사람. 이런 사람을 찾을 때면 마치 미지의 세계 속에서 동족을 발견한 기분이 들었다. 나와 비슷한 사람이 아니면 잘 어울려 다니지 않던 시절이었다.

그런데 인생에는 꼭 나 같은 사람이 절대 해결할 수 없는 일들이 있었다. 파고들수록 어려워지기만 하는 문제. 이런 문제 앞에서 도움이 됐던 건 나와 비슷한 사람이 아니라, 오히려 나와 정반대 세계에 살고 있는 사람이었다. 어둠을 견디지 못해 늘 불처럼 밝게 타올라야 하는 사람. 좁고 깊은 곳보다는 넓고 얕은 곳에서 답을 찾아내는 사람. 무겁고 복잡한 생각보다 가볍고 단순한 생각을 잘 이용할 줄 아는 사람. 먼 미래의 일보다는 당장 눈앞에 놓인 돌멩이를 치워야 마음 놓이는 사람. 인생에는 꼭 이런 사람들만이 해결할 수 있는 문제가 있었다.

대개 사람들은 자신과 어울리는 사람이 누군지 잘 알

고 있다. 명확한 기준이 없다고 말하는 사람도 무의식적으로 마음을 열게 되는 관계가 꼭 있다. 함께 있을 때 '정말 편하다'같은 생각이 들거나, 의미심장한 이야기를 나누는 것도 아닌데 대화하는 행위 자체가 즐겁게 느껴지는 사람. 시간 가는 줄 모르고 몇 시간 동안 곁에 있게 되는 사람. 이런 사람들과는 닮은 구석이 많고 생각이 잘 통하니 쉽게 연결될 수밖에 없다. 사람은 이렇게 간단하면서도 강력한 연결을 선호하는 습성이 있다.

그런데 나와 비슷한 사람을 계속 엮어가는 일은 그 순간에는 정말 괜찮은 관계를 맺어가는 듯한 느낌이 들지만, 사실은 사람에게 밧줄을 묶어 울타리를 치는 일과 같다. 나와 비슷한 사람들 속에 고립되어 버리는 것이다. 당장은 문제없어 보이지만, 어느 순간 그 관계가 나를 가두고 있음을 깨닫는 날이 온다. 나와 어울리지 않는 사람을 사귀는 일은 울타리 한구석에 출입문을 다는 일이다. 그 부분만큼은 연결을 끊어야 하겠지만, 또 다른 세계에 발을 내딛기 위해선 울타리 한 부분을 끊어내는 것 말곤 방법이 없다.

그러므로 나와 비슷한 사람만 만나야겠다는 고집은 조금 눌러두는 게 좋을 듯하다. 적어도 한 명쯤은 나와 정반대 세계에 살고 있는 사람과 연결되어 있어야 한다는 뜻이다. 물론 그 사람과 함께 하는 모든 순간은 불안의 연속일 것이 분명하다. 생각의 방향이 다르니 의견 차이도 심할 것이고, 원하는 목적이 다르니 불편한 한숨이 나올 것이다. 하지만 조금만 깊게 들여다보면 그보다 좋은 예방 접종이 없다는 걸 알게 된다. 서로 다른 성격, 행동, 말투, 가치관 등의 필요성을 느끼는 날이 온다.

나와 어울리지 않는 사람이 필요한 또 다른 이유가 있다면, 그건 '나'라는 존재가 너무나도 변덕스럽기 때문일 것이다. 사람은 생각보다 자주 기존의 것에서 벗어나고자 한다. 감정이 앞서는 사람도 이성적인 판단을 원할 때가 있고, 계획적인 사람도 머리 굴리는 일에 싫증날 때가 있다. 차분하고 느린 삶을 선호하는 사람도 전력으로 달리고 싶을 때가 있고, 고양이처럼 경계심 가득한 사람도 강아지처럼 꼬리 흔들며 다가가고 싶을 때가 있다. 어쩌면 이는 일상에서 벗어나고자 하는 사람의 기본적인 욕구일지도 모른다.

이런 변덕은 내면에 자리 잡고 있는 것이기에 대개 스스로 해결해야 한다고 여겨진다. 그러나 내 일상에서 벗어나 있는 일이라 확고하게 방향을 결정하기가 어렵다. 이럴 때 필요한 것이 바로 나와 다른 사람의 조언이다. 변덕의 마을에 이미 둥지를 튼 채 살고 있는 사람은 내 변덕을 누구보다 잘 이해해 줄 수 있다. 이들과 잠시 어울렸다가 다시 일상으로 돌아오면 일은 해결된다. 나와 성향이 다른 사람을 만나는 일은 여행과 비슷할 것이다. 떠나갔다 오면 마음이 시원하게 뚫리기에.

혼자서는 도저히 해결할 수 없는 어떤 문제가 있다면, 혹은 삶이 다소 지루해 새로운 흐름이 필요하다고 느껴진다면 그건 기존의 울타리를 벗어나야 한다는 신호다. 여기서 초점을 두어야 할 것은 '벗어남'이 아니라 '기존의 울타리'다. 삶을 곱씹어 보고 관계를 돌아보며, 내가 어느 부분에서 막혀서 멈추게 되었는지를 알아야 한다. 그걸 알아야 어디까지 벗어나야 하는지, 어떤 사람이 나를 도와줄 수 있는지 명확히 판단할 수 있다.

때론 나와 가장 어울리지 않는 사람이,
내 삶과 가장 어울리는 사람이 되기도 한다.

인성은
결국
드러난다

관계를 유지하다 보면 속았다고 느껴지는 순간이 있다. 누군가를 뒤통수치겠다는 상대방의 계획이 실질적으로 성공한 것은 아니다. 하지만 내 마음은 이미 큰 충격을 받은 상태다. 분명 좋은 사람이라고 생각했는데, 지금까지의 모든 행동이 그저 꾸며낸 것이었다는 걸 깨닫게 된다. '내가 알던 사람이 아니구나', '내가 지금까지 속았구나' 하는 생각이 든다.

그런데 살면서 깨달은 게 하나 있다. 가면을 쓰지 않고 사는 사람은 없다는 것이다. 특히나 잘 보이고 싶은 사람 앞에서는 더욱더 두꺼운 가면을 쓴다. 조금이라도 더 다정하고 친절한 사람으로 보이기 위해 애쓰는 것이다. 마음에 드는 이성을 만나거나, 좋은 관계를 유지해야만 하는 사람을 대할 때가 주로 그렇다. 좋은 사람으로 보여야 쉽게 호감을 살 수 있기 때문이다. 내 본성을 숨기는 일이 누군가의 마음을 얻기 위한 가장 쉬운 방법이 될 수 있다.

그러나 인성은 결국 드러나기 마련이다. 꼬리가 길면 모든 거짓은 잡히는 법이니 말이다. 무의식적으로 속마음이 튀어나오기도 하고, 혹은 더 이상 본성을 숨기지 않아도 될 때 거침없이 드러내기도 한다. 이를 보면 상대방의 인성을 미리 파악하는 일이 관계에서 정말 중요하다고 느낀다. 좋은 사람에게만 쏟아부어도 터무니없이 부족한 게 시간이다.

진짜 인성이 확 드러나는, 속마음을 도저히 숨길 수 없는 몇 가지 순간을 안다. 술에 잔뜩 취했을 때, 친한 친구와 있을 때, 서비스직 종사자를 대할 때 등 누구나 알 만한 상황은 제외하겠다. 굳이 말하지 않아도 충분히 고개가 끄덕여지는 상황이다. 그보다 감정이 유리 깨지듯 갈라지는 순간, 감정을 절제할 수 없어 폭발하듯 터져나오는 세 가지 순간이 있다.

첫째는 내가 잘 될 때다. 어려운 시기에는 누구나 성격이 나빠질 수 있다. 일이 잘 풀리지 않는데 마냥 웃을 수 있는 사람은 없지 않은가. 진짜 인격은 모든 게 풍족할 때 드러난다. 잘 먹고 잘 자고 잘 지낼 때. 특정 계기로 순식간에 잘나가는 사람이 될 때. 이때 거만해지는 사람이 있다. 자신이 최고가 되었다고 생각하기 때문이다. 도와준 사람을 무시하거나 자신의 과거를 덮어 버리기도 한다. 상대의 본성을 확인하고 싶다면 일이 잘 풀릴 때 어떤 행동을 하는지 보면 된다. 잘나갈 때 막 대하는 사람치고 좋은 사람 없다.

둘째는 남이 잘 될 때다. 인생이 확 달라지는 사람을 가끔씩 보게 된다. 로또에 당첨되거나 투자에 성공하는 사람, 혹은 부단한 노력 끝에 사업이 안정적인 궤도에 올라선 사람 말이다. 이때 그를 헐뜯는 사람이 있다. "저 사람은 분명 비리를 저질렀다", "실력보단 인맥이 좋아서 된 거다"라며 의심한다. 남의 일이 잘 안 풀릴 땐 되레 즐거워하는 모습을 보인다. 남의 불행을 나의 행복이라 여기는 것이다. 진짜 좋은 사람은 나의 성공뿐만 아니라 남의 성공도 기쁘게 받아들일 줄 안다.

셋째는 사건이 터질 때다. 삶이라는 것이 늘 안정적

이진 않다. 때론 계획이 틀어지기도, 생각하지 못했던 사고가 발생하기도 한다. 특히 운전 중에 이런 일이 자주 생긴다. 옆 차선에서 갑자기 끼어드는 차를 볼 때, 골목길에서 양보 없이 들어오는 차를 볼 때 그렇다. 물론 상대방이 잘못한 것일 수도 있겠지만, 이때 무의식이 튀어나온다. 잘 보일 필요가 없는 사람 앞에서 보이는 행동. 그게 본성에 가장 가깝다. 남에게 함부로 대하는 사람은 내가 남이 되었을 때도 똑같이 대한다.

약간 꼬인 생각일지 모르겠지만, 늘 잘해주는 사람은 세상에 없다고 믿는다. 무언가 얻고 싶은 게 있기 때문에 자기 욕구를 조금 포기하면서까지 맞춰주는 것 아니겠는가. 물론 그런 노력이 평생 지속되면 원만한 관계를 쭉 이어갈 수 있을 것이다. 하지만 사람 마음이라는 게 참 변덕스럽다. 원하던 걸 얻으면 초심을 잃기 마련이다. 그때 본성이 튀어나온다. 바뀐 모습에 상처받는 것은 늘 나다. 대수롭지 않게 행동하는 상대 때문에 더 슬프기만 하다.

누구나 가식적인 면이 조금씩 있다. 우정을 쌓아온 친구도, 사랑을 약속한 연인도, 심지어 나 자신조차도 그렇다. 물론 각자의 가면을 적당히 존중하고 받아들이는 것도 관계를 유지하는 데 필요한 일이다. 하지만 너무 존중하기만 해서도 안 된다. 의견이 달라 다투는 날도, 기분 나빠 험담을 늘어놓는 날도 반드시 생기기 때문이다. 이런 날에 튀어나오는 본성을 무한정 받아낼 수 있는 넉넉한 그릇을 가진 사람은 없을 것이다. 뒤늦게 관계를 후회하지 않기 위해선 상대의 본성이 내가 담아낼 수 있는 정도인지 알아둘 필요가 있다.

후회 없는 관계를 찾길 바란다. 잘나간다고 쉽게 거만해지지 않는 사람. 내가 잘 될 때 진심으로 축하해 줄 수 있는 사람. 사건 사고가 터질 때 욕설을 퍼붓지 않는 사람. 이런 사람이라면 진짜 인성 또한 건강하고 긍정적일 것이다. 혹여 내가 남이 되는 순간이 오더라도 보이지 않는 곳에서 서로를 응원해 줄 수 있으리라 믿는다. 마음에 드는 사람은 본성마저 마음에 들어야 한다.

남을 대하는 태도가 곧 나를 태하는 태도다.

천 명보다
나은
한 사람

어째서인지 나는 어려서부터 아프다는 말을 잘 하지 않았다. 당장 쓰러질 정도로 버티기 힘든 게 아니면 스스로 해결하는 편이었다. 약을 찾아서 먹거나 잠을 조금 더 오래 자거나 하는 식으로 병을 이겨냈다. 부모님은 나의 이런 성격을 잘 알고 계셨던 것 같다. 꾹 눌러 담았던 "아프다" 한마디가 튀어나오는 날이면 안절부절 못하며 나를 병원에 데려가시곤 했다. 가족이기에 가능한 일이라는 것을 그땐 알지 못했다.

나는 꽤 어려서부터 가족 곁을 떠나 타지 생활을 했다. 혼자 생활하던 시절에도 아픔을 숨기는 버릇은 여전했다. 하루는 정말 지독한 독감에 걸렸다. 머리가 불판 위의 버터처럼 녹아내리는 듯했다. 굳이 체온을 재지 않아도 39도가 넘는 고열이라는 것을 느낄 수 있을 정도였다. 혼자서는 도저히 못 버틸 것 같아서 주변 사람에게 아프다는 말을 꺼냈다. 돌아온 반응은 참 무성의했다. 그냥 감기일 뿐이라며, 약 먹고 쉬면 된다며, 나를 꾀병쟁이 취급했다.

그런데 이때 곁을 지켜준 든든한 친구가 있었다. 아프다는 말 한마디에 안절부절못하며 나를 걱정해 주던 친구. 그 친구는 약 먹고 쉬라는 말뿐만 아니라, 병원을 알아봐 주고 나를 부축해서 진료실 앞까지 데려다주었다. 내가 고마워하자 친구는 이렇게 말했다. "너는 평소에 아프다고 잘 안 하잖아, 그런데 어떻게 그냥 지나칠 수 있냐." 그 순간 나는 확실히 느낄 수 있었다. 관심, 배려, 친절, 다정함, 상냥함 등 그 어떤 단어로도 명확히 정의 내릴 수 없는 따스함이 그 친구에게서 뿜어져 나오고 있다는 것을. 피가 섞인 가족은 아니었지만 마치 가족 곁에 있는 듯했다.

사람은 반드시 아픔을 겪는다. 머리가 지끈거려 휘청이는 순간도, 배가 욱신거려 주저앉는 순간도 찾아오기 마련이다. 마음이 울적해 방구석을 벗어나기 힘든 날도, 어려운 문제를 마주해 혼자 골머리 앓는 날도 있기 마련이다. 어떤 아픔이 되었든 가족이 곁에 없을 때 겪는 아픔보다 서러운 것도 없다. 당장이라도 쓰러질 것 같을 때 팔과 다리가 되어 나를 부축해 줄 사람이 없다면, 그 순간에 쓰러지는 것은 내가 아니라 내 삶이 된다.

그런데 사람의 인생이라는 것이 늘 나쁜 일만 있으란 법은 없는 듯하다. 참 신기하게도, 살다 보면 꼭 나를 가족처럼 아끼고 챙겨주는 사람을 만나게 된다. 기운이 없을 때 힘이 되어주고, 지칠 때 기댈 곳이 되어주는 사람. 말로만 이래라저래라 하는 게 아니라 마치 제 몸 아픈 것처럼 진심으로 행동에 옮겨주는 사람. 피 한 방울 섞이지 않은 사람인데도 나를 가족처럼 대해준다는 것이 어찌나 고마운 일인지 모른다. '집 나가면 개고생'이라는 말도 이런 사람과 함께 하는 순간부터는 그저 남의 이야기가 된다.

이들로부터 '가족'이라는 단어의 의미를 다시금 생각해 본다. 어쩌면 가족이란 단순히 법적으로 엮인 관계에서 끝나는 건 아닌 듯하다. 진심 가득한 마음을 주고받을 수 있는 관계. 자식이나 부모 대하듯 나를 걱정해 주는 관계. 이런 관계까지도 가족이라 정의 내릴 수 있을 것 같다는 생각이 든다. 가족이라는 단어 말고는 달리 표현할 방법이 없다. 어쩌면 누군가는 가족보다 더 나은 관계라고 말할지도 모르겠다. 때론 진짜 가족에게조차 말 못 할 고민거리를 털어놓으며 한풀이할 수 있으니 말이다.

인생에 필요한 관계는 여럿 있을 것이다. 뛰어난 일 머리로 업무적인 도움을 줄 수 있는 관계도 필요하고, 거침없는 행동으로 나 대신 큰소리 내어줄 관계도 필요하다. 언제 연락해도 곧장 튀어나올 수 있는 관계까지 있다면 더할 나위 없다. 그중에서도 가족처럼 어울릴 수 있는 사람과의 관계란, 단연코 최고의 관계라 말할 수 있다. 다른 사람이 쉽게 등 돌릴 만한 일에 관심을 갖고, 오래된 친구조차 여러 번 고민해야 할 일을 단번에 해내는 관계. 고마움을 평생 전해도 모자랄 만큼 소중한 관계다.

이런 관계가 아예 없는 삶이란 상상하는 것만으로도 진이 빠진다. 업무적인 도움을 받을 수 없다면 내가 조금 더 열심히 일하면 될 일이다. 큰 소리 내어줄 사람이 없다면 내가 조금 더 대범해지면 될 일이다. 곧장 튀어나올 수 있는 사람이 없다면 나만의 시간을 조금 더 갈고닦으면 될 일이다. 그러나 내가 도무지 힘을 낼 수 없을 때 힘이 되어줄 관계가 없다면, 그 무력함이 언제까지 이어질지 가늠조차 할 수 없다. 어쩌면 사람이 자신의 삶을 포기하게 되는 것도 이 기약 없는 무력함 때문일 것이다.

살면서 바라는 게 한 가지 있다면, 가족 같은 관계를 늘려나가는 것뿐만 아니라 누군가에게 그런 존재가 되어주고 싶다는 것이다. 앞으로 살아가며 이런 존재를 몇 명이나 더 만날 수 있을지는 모르겠다. 하지만 한두 명 정도만 더 만날 수 있다면 삶의 끝 무렵까지도 서로 무력해지지 않을 것 같다. 어느 시절에는 나로 하여금 당신이 삶을 지켜내기를 바란다. 어느 시절에는 당신으로 하여금 내가 삶을 지켜내기를 바란다. 삶은 그런 것이다. 찢어진 곳을 덧대주며, 부서진 곳을 메꿔주며, 견고하게 엮여가는 것이다.

때론 단 한 사람이 천 명보다 낫다.

관계에는
연습이 없다

　　인간관계보다 혼란스러운 것도 없다. 정
석적인 방법론 같은 게 있는 것 같으면서도, 막상 들여
다보면 무엇 하나 일관되게 적용할 수 있는 기준이 없
다. 예컨대 누군가는 서운함을 그 자리에서 푸는 게 좋
다고 말하지만, 어떤 이는 격한 말이 나올 수 있으니 시
간을 가지는 게 좋다고 말한다. 때론 내 선호가 바뀌기
도 한다. 좋았던 게 싫어지기도 하고, 싫었던 게 좋아지
기도 한다. 사람 마음은 도무지 갈피를 잡을 수가 없다.
　게다가 인간관계는 꽤나 이기적이다. 살다 보면 꼭
모두에게 친절하고 다정하게 행동하는 사람을 만나게

된다. 모두가 그를 괜찮은 사람이라 부르지만 나는 이게 썩 마음에 들지 않는다. 나에게만 친절하고 다정한 모습을 보여주면 좋겠는데, 그 친절을 모든 사람에게 베풀기 때문이다. 그는 분명 괜찮은 사람이지만, 나에게는 괜찮은 사람이 아닌 것이다. 천사 같은 사람 두 명이 만나도 관계가 깨지는 근본적인 이유다.

그런데 이 덕분에 인간관계가 더 큰 의미를 지니는 것일지도 모르겠다. 만약 사람을 대하는 자세나 태도 같은 것이 수학공식처럼 정형화되어 있다면 어떨까. 오히려 지금보다 더 피곤한 삶을 살게 될 것이 분명하다. 누군가는 값비싼 학원을 다니며 인간관계 공식을 배울 것이고, 또 어떤 부모는 본인이 추구하는 방식을 아이에게 강요할 것이다. 누가 더 좋은 관계를 맺으며 사는지 시험을 보며 경쟁하게 될지도 모른다. 정답이 없다는 건 때론 좋은 일이다.

대개 사람들이 인간관계를 손놓게 되는 건 다 그럴 만한 이유가 있다. 정답이 없는 건 둘째치고, 나만의 기준을 만들어가는 과정이 몹시도 마음 아프기 때문이다. 누군가와 이별해 보아야 무엇이 잘못되었는지 알게 된다. 하지만 그렇다 해도 이미 떠나간 사람을 되돌아오게

할 수는 없다. 내가 전보다 훨씬 멋진 사람이 되었다 한들 나를 등지고 있는 사람에겐 그것을 증명해 낼 방법이 없다. 관계엔 연습이 없다. 매 순간이 실전이고 마지막 기회다. 그래서 손놓게 된다. 계속 고통스러울 바에야 차라리 마음을 닫는 쪽이 편하다는 이유다.

불행 중 다행인 사실은, 인간관계를 배워나가는 건 나 혼자만이 아니라는 것이다. 나이가 들수록 사람을 꿰뚫어 보는 안목과 식견 같은 것이 점차 뚜렷해져서 예전엔 미처 볼 수 없었던 부분을 점차 볼 수 있게 된다. 한때 놓쳤던 작은 디테일들이 결국 관계의 본질을 품은 상자의 열쇠임을 깨닫게 되는 것이다. 고작 수개월 연애하고 결혼하는 연인들이 존재하는 이유다. 누군가는 선부른 판단이라 말하겠지만, 그들은 이미 서로의 모든 면을 꿰뚫은 상태일지도 모른다.

그러므로 당신의 인간관계가 잘 흘러가지 않고 있다 한들 마냥 풀 죽어 있을 필요는 없다. 이건 당신이 별로인 사람이기 때문이 아니라 당신의 가치를 알아봐 줄 사람이 아직 나타나지 않았기 때문이다. 그저 그뿐이다. 복잡하게 생각할 필요도 없고, 스스로를 못난 사람이라 탓하며 슬퍼할 필요도 없다. 당신의 진가를 알아볼 사람이 언젠가 나타날 텐데 단지 그 순간이 오기까지 기다리는 인내가 필요할 뿐이다.

만약 지금까지 괜찮게 느껴지는 사람이 한 명도 없었다면, 그건 안목을 키울 수 있는 시간이 조금 더 남았다는 신호일 것이다. 그러니 스스로를 부정하는 데 시간을 낭비하기보다는 한 사람이라도 더 만나고 마음 아파보는 것이 낫다. 종종 견딜 수 없을 만큼 고통스럽겠지만, 그것이 당신의 기준을 명료하게 다듬어줄 것이다. 모두에게 좋은 사람이 아니라, 나에게 좋은 사람을 알아보기 위한 기준 말이다. 언젠가 나타날 인연을 놓치지 않기 위해서는 나 또한 그 사람을 곧장 알아차릴 수 있어야 한다.

내 곁에 남아 있는 관계의 공통점은 서로가 서로를 괜찮게 생각한다는 점이다. 사실 내가 보았을 때 나는 그리 괜찮은 사람이 아니다. 겉으로 보면 누구와도 기분 좋게 잘 어울리는 것 같지만, 사실 속으로는 잔뜩 인상 쓰며 거리를 두기 위해 애쓴다. 친절하고 다정해서 강아지처럼 사람을 잘 따르는 듯하지만, 속아주는 척하면서 상대방의 마음 깊은 곳을 의심할 때가 많다. 나도 참 앞뒤가 다른 사람이다.

내 눈에는 이게 분명 단점 같아 보이는데, 내 사람들은 오히려 이런 신중함과 조심성이 나의 장점이라 말한다. 나와 함께하는 이유라고, 배울 점이 참 많다고 말한다. 입장을 바꿔서 보아도 그렇다. 그들 스스로 단점이라 말하는 것들이 내 눈엔 마냥 장점처럼 보인다. 지나온 이별로부터 그 점들의 필요성을 깨달았기 때문이다. 결국 관계의 핵심은 좋은 사람이 되는 게 아니라 좋은 사람을 알아보는 것에 있다. 그 과정에서 꼭 필요한 게 바로 관계의 실패인 것이다. '실패는 성공의 어머니'라는 말은 관계에도 그대로 적용된다.

만약 당신의 현재가 다소 씁쓸하다면,
그건 보약을 마시고 있다는 증거일 것이다.

하나의 시절을
놓아주며

이사를 할 때 가장 골치 아픈 일은 '무엇을 가지고 갈지'가 아니라 '무엇을 버리고 갈지' 정하는 일이다. 가지고 가야 할 것은 뻔하다. 냉장고, 옷장, 책상 등 집의 큰 부분을 차지하는 것들. 지금 당장 살아가는 데 있어 반드시 필요한 덩어리들. 큰 고민 없이 가져가기로 한다. 그런데 버리고 갈 것 앞에선 한동안 머리를 긁적이게 된다. 특히 서랍 안에 수북이 쌓여 있는 잡동사니들. 이걸 버렸다가 나중에 필요한 일이 생기면 어쩌지, 후회하면 어쩌지 하는 마음에 망설이게 된다.

방을 이리저리 헤집다 보면 허름한 상자를 몇 개 발

견한다. 그 속엔 한 시절의 잔해가 들어 있다. 어릴 적 가지고 놀던 장난감, 즐겨 읽던 책, 망설이다 끝내 전하지 못한 편지, 비밀 일기장 같은 것들. 언제부터 모아왔는지 기억조차 안 나지만 박스 여러 개에 나누어 담아야 할 정도로 쌓여 있다. 몇 시간 동안 상자 여닫기를 반복하다 결국 버리지 않기로 마음먹는다. 그렇게 이사를 거듭할수록 짐이 늘어난다. 버릴 건 버릴 줄도 알아야 하는데, 그걸 못해서 계속 품고 산다.

인간관계도 똑같지 싶다. 시절이 바뀔 땐 필요 없는 관계를 정리할 줄도 알아야 하는데, 그걸 못해서 계속 품고 산다. 옛 시절의 나와 잠시 만났다는 이유로 열심히 엮어놓은 관계들. 시간이 흘러 돌아보면 내가 왜 저런 사람과 친분을 유지하고 있었는지 의아할 때가 있다. 지금의 나와는 정말 어울리지 않는 사람인데 '언젠가 필요하겠지' 하는 마음 때문에 관계를 이어온 것이다. 인간관계도 허름한 상자와 같아서 미련을 버리지 못하면 계속 쌓이기만 한다. 결국 불필요한 짐이 되는 것이다. 정리해야 하는 관계는 정리할 줄도 알아야 한다.

사람은 무언가 모아두는 습성이 있다. 그런데 웃긴 점은 지금 당장 필요하지 않은 것을 주로 모은다는 점이다. 먹다 남은 음식을 냉동실에 보관하고, 어딘가에서 받은 나무젓가락을 꾸역꾸역 쌓아둔다. 누군가는 이십 년 전 입던 옷을 아직도 가지고 있고, 누군가는 두 번 다시 안 쓸 것 같은 빨간 고무줄을 모아둔다. 심지어 캔 뚜껑을 모으는 사람도 봤다. 저마다 이유가 있겠지만, 대개는 아까워서 그럴 것이다. 나중에 필요할지도 모른다는 걱정이 앞서 속시원히 버리질 못하는 것이다.

세상에 존재하는 모든 것은 모을수록 부피나 질량이 커진다. 고무줄도 쌓다 보면 한 포대가 되고, 종이봉투도 겹치다 보면 쇳덩이처럼 무거워진다. 그걸로 끝나면 차라리 다행이다. 언젠가 꺼내 쓰면 그만이니 말이다. 문제는 대부분 시간이 흐를수록 본연의 모습을 잃는다는 것이다. 아까워서 버리지 못한 나무젓가락엔 곰팡이가 피고, 언젠간 쓰겠지 싶어 모아놓은 고무줄은 삭아서 쉽게 끊어진다. 그때 깨닫게 되는 듯하다. 부질없이 공간만 차지하는 건 서서히 썩어버린다는 것을.

사람 일도 별반 다르지 않음을 느낀다. 삶을 구석구석 들여다보면 내 마음만 축내는 사람이 많다는 걸 알게 된다. 이런저런 이유로 끊어내기 어려워서 정리하지 못한 관계들. 그러나 그 사람의 덕을 본 순간은 없다. 오히려 관계를 유지해야 한다는 압박감에 시달려 억지로 만나고 있다. 그때 깨닫게 되는 듯하다. 그들에게 시간을 쏟아야 한다는 이유로 새로운 사람을 만나지 못하고 있다는 것을. 부질없는 관계를 버리지 못하면 좋은 기회를 놓치게 된다는 것을.

필요 없는 관계에 목숨 걸고 있지 않은지 확인할 필요가 있다. 쓸모가 느껴지지 않는 관계를 칼같이 잘라내라는 뜻은 아니다. 그보다는 새로운 관계를 받아들일 마음의 여유를 만들어 놓아야 한다는 뜻이다. 사람은 저마다 마음의 총량이 있다. 만나는 모든 사람에게 똑같은 크기의 마음을 전할 수 없다는 것이다. 그러니까 결국 시간의 문제다. 여유 시간이 열 시간이라면, 그 시간을 내 사람을 위해 잘 분배할 줄 알아야 한다는 말이다. 감당할 시간이 없는데도 불구하고 관계를 정리하지 않는 일은 기존의 관계마저 소홀히 대하는 일과 같다.

비단 타자와의 관계뿐만 아니라, 나와의 관계에서도 이런 '비워냄'이 필요하다고 느낀다. 버리지 못한 관념, 마음, 상처와 같은 것들. 지나간 시절의 후회들. 아직까지 놓지 못한 과거들. 지금 당장 필요 없는 것이지만, 비워내지 않으면 마음속 공간을 차지한다. '이건 이래서

안 돼', '저건 저래서 안 돼'같은 생각이 드는 것도 이 때문이다. 비워내지 않은 마음이 현재를 계속 옭아매는 것이다. 새로운 것을 받아들이기 위해선 지나간 것을 정리해야만 한다.

지나간 관계를 버리기 위해 노력하며 산다. 버린다고 하니 왠지 정 없는 사람이 된 것 같다. 그보다는 연연하지 않는다는 표현이 적합할 듯하다. 지나간 마음, 상처, 슬픔 등에 매달리지 않기 위해 최선을 다한다. 때론 좋았던 사람도 과감히 놓아준다. 회상하는 일에 시간을 빼앗기면 앞으로 다가올 사람을 껴안을 수 없기 때문이다. 어쩌면 삶의 모든 것이 마찬가지일 것이다. 제대로 누리기 위해선 지금 이 순간에 집중해야만 한다. 버리고 담고를 반복하며, 하나의 시절을 놓아주며, 또 다른 시절로 이동하며. 그렇게 살아가는 것이다.

짐을 내려놓지 않으면 달릴 수 없다.

Part 2

좋은 관계에는
좋은 싸움이 필요하다

내가
선택한 말이
삶에 머문다

삶은 크고 작은 선택의 연속이다. 우리는 아침에 일어나는 순간부터 선택을 만난다. 어떻게 하루를 보낼지, 어떤 옷을 입을지, 어떤 음식을 먹을지 결정한다. 작은 선택이지만 하루의 모습을 형성하기엔 충분한 힘을 지녔다. 때론 큰 선택을 만나기도 한다. 직업, 결혼, 이민 등 깊은 고민을 담아야 하는 것들이 그렇다. 큰 선택은 삶의 전반적인 모습을 형성한다. 어떤 선택이든 겁나기 마련이다. 선택을 내린 사람이 모든 결과에 대한 책임을 져야 하기 때문이다. 크든 작든, 선택은 선택이다.

사람에게 가장 많이 주어지는 선택이 있다. 생각과 감정을 담는 그릇, 바로 '말'이다. 말할 기회는 하루에도 셀 수 없이 많이 주어진다. 친구와의 수다, 가족과의 대화, 직장에서의 회의 등 의사소통을 하기 위해선 말이 필요하다. 똑같은 말도 쓰임새가 다르다. 이해하고 받아들이기 위해 사용하는 사람도 있지만, 공격하고 밀어내기 위해 사용하는 사람도 있다. 삶의 선택과 말의 선택에는 큰 차이가 하나 있다. 말로 탄생한 힘은 그 크기가 일정하지 않다는 점이다. 작은 말도 큰 책임이 따를 수 있다.

모든 선택이 그렇듯 말의 선택도 후회가 따른다. 돌아보면 후회로 남는 말이 꼭 있다. 특히 큰 책임으로 돌아온 말, 주로 좋은 말보다는 나쁜 말이 그렇다. '내가 왜 그런 말을 했지', '무슨 생각으로 그랬지' 후회하며 땅을 쳐보지만 내뱉은 말을 주워담을 수는 없다. 정말 무서운 건 따로 있다. 말은 타인의 삶에 개입한다는 점이다. 말에는 누군가의 인생을 안 좋은 방향으로 서서히 틀어놓을 힘이 있다. 오랜 시간이 흘러야만 무언가 잘못되었음을 인지할 수 있다. 물론 그 책임 또한 나의 몫이다. 말은 나의 선택이지만 나를 넘어서는 것이다.

15년 동안 우정을 유지해 온 친구가 있다. 짧다면 짧고 길다면 긴 시간이다. 종종 만나서 옛 시절을 떠올리곤 한다. 흥미로운 점은 이야기를 나누다 보면 좋았던 기억보단 싫었던 기억을 주로 말하게 된다는 것이다. 나쁜 기억 속에는 대개 나쁜 말이 있다. 나는 좋은 말이라 생각했지만 친구는 나쁜 말로 받아들인 경우도 있고, 그 반대인 경우도 있다. 생각 없이 내뱉은 말, 실수로 해버린 말, 진심을 담아 했던 말 무엇 하나 가릴 것이 없다. 두 사람 중 한 명이라도 나쁘게 받아들였다면 결국 나쁜 것일 뿐이다.

무심코 했던 말을 크게 후회한 기억이 있다. 15년 전, 친구에게 "너는 컴퓨터를 진짜 못하니까 그냥 다 나에게 맡겨"라는 말을 몇 번 한 적이 있다. 별 생각 없이 했던 말이었다. 최근 친구를 만났는데 아직도 컴맹이었다. 왜 컴퓨터를 멀리하며 살았냐는 질문에 "나는 컴퓨터를 진짜 못하니까"라는 답이 돌아왔다. 내 말이 친구의 삶에 정착해 버린 것이다. 그걸 인지하는 데 15년이 걸렸다. 그날 깨닫지 못했다면 더 오래 걸렸을 것이다.

이후론 할 말을 선택하는 게 조심스럽다. 현재의 나보다 미래의 내가 후회하는 일이기 때문이다. 생각 없이 내뱉은 말 한마디가 누군가의 삶에 정착한다는 사실이 두렵다. 특히 그 대상이 내 소중한 사람 중 한 명이 될까 더욱더 겁이 난다. 차라리 내 삶이 바뀌는 선택이라면 잘못된 판단이었다며 겸허하게 받아들이면 그만이다. 하지만 소중한 사람의 삶이 바뀌는 일을 겸허히 받아들일 순 없지 않은가. 말은 신중히 선택해야 한다. 고르고 또 골라야 한다. 화자는 선택해서 말할 수 있지만 청자는 선택해서 들을 수 없다.

말이라는 것이 참 쉬워 보이지만, 사실 이보다 어려운 게 또 없다. 기회는 단 한 번뿐. 마리오 게임도 목숨이 다섯 개나 있는데 말은 한번 내뱉으면 끝이다. 다시 시작할 수가 없다. 고장 난 기계도 수리할 수 있고 잘못 들어선 길도 돌아가면 목적지에 도달할 수 있지만, 말은 한번 가면 끝이다. 말 한마디가 어떤 미래를 끌고 올지 늘 생각해야 한다. 길든 짧든 모든 말에는 책임이 따른다는 것을 명심해야 한다. 소중한 사람과의 관계를 후회 없이 유지하고 싶다면 더욱더 그래야 한다.

말과 글은 비슷하다. 둘 다 언어를 담는 그릇이다. 가장 큰 차이가 있다면 시간일 것이다. 말은 지금 당장 해야 하는 일이지만 글은 여유를 두고 하는 일이다. 덕분에 정제할 수 있다. 마음에 들지 않는 문장이 보이면 통째로 지울 수 있다. 날카로운 단어가 보이면 다른 단어로 교체할 수 있다. 시간을 들일수록 매끄럽고 담백하며 읽기 좋은 글이 된다. 말도 마찬가지다. 지금 당장 해야 하는 일이지만 노력하면 정제할 수 있다. 어쨌든 둘 다 언어를 담는 그릇이니 말이다.

글 쓰듯 말하는 습관을 들이는 중이다. 말을 꺼내기 전에 수많은 단어를 떠올린다. 어떤 단어는 조금 날카롭고 어떤 단어는 너무 강렬해 보인다. 나열하고 보면 나쁘게 들릴 만한 문장이 있다는 걸 알게 된다. 그걸 없앤다. 대신 부드럽고 상냥한 단어로 채워 넣는다. 말을 정제하는 것이다. 이런 행동이 소중한 사람의 삶을 나쁜 방향으로 흘러가지 않게 하는 유일한 방법이라 믿는다. 상대방을 위한 은밀하고 따스한 배려. 후회 없는 말은 대개 이런 배려를 품고 있다.

입을 통해 내뱉는 것은
'말'이 아니라 '선택'이다.

말버릇이
곧 나의 브랜드다

즐겨 찾는 음식점이 있다. 특별한 메뉴가 있는 곳은 아니다. 어디서나 접할 수 있는, 동네마다 하나둘 있을 법한 평범한 음식점이다. 그럼에도 이곳을 고집하게 된 이유는 편안함을 느꼈기 때문이다. 마치 고향 집에 있는 듯 마음이 편안하다. 어떻게 음식점이 편하게 느껴질 수 있느냐고 말하는 사람도 있을 터. 그 해답은 사장님의 말버릇에 있다.

식당을 처음 방문했던 날이다. 식사를 마치고 결제하기 위해 계산대 앞으로 가자 사장님이 하신 한마디는 이것이었다. "불편하지는 않으셨나요?"

음식점에서 결제할 때 통상적으로 듣는 말과는 사뭇 거리가 있었다. 보통은 "맛있게 드셨나요?" 혹은 "또 오세요" 같은 말을 듣게 되니까. 특별하게 느껴졌다. 나의 안부를 물어주는 공간이라니.

형식적인 말일지도 모른다. 오로지 나에게만 건네는 물음이 아닐 테니. 결제하러 계산대에 오는 손님이라면 모두 똑같은 말을 듣게 될 테다. 그럼에도 이런 말 한마디가 기억에 남는다. 단순히 돈을 벌기 위해 음식을 판매하는 게 아닌 듯 느껴지기 때문이다. 방문하는 이들이 편안하길 바라는 고운 마음씨가 보인다. 말 한마디에 철학이 담겨 있는 것이다. 포만감은 사라지지만 말은 남는다.

말버릇은 질문에 국한되어 있지 않다. 대답을 할 때도 무의식적으로 내뱉게 되는 말이 있다. 어떤 운동선수는 "왜 그렇게 열심히 운동하냐"는 질문에 "그냥 한다"고 답한다. 어떤 화가는 "왜 그림을 그리냐"라는 질문에 "재밌어서"라고 말한다. 특별한 것이 아닌 그 한마디가 그들에게는 충분한 이유가 된다. 그보다 명확하게 자신을 나타내는 말이 없는 것이다.

평소의 습관도 그렇다. 주변을 둘러보면 특정 문장을 계속해서 내뱉는 사람을 쉽게 찾아볼 수 있다. 매번 "귀찮아"라는 말을 입에 달고 사는 사람. 딱히 큰 죄를 지은 것도 아닌데 말끝마다 "죄송하다"를 덧붙이는 사람. 아무것도 아닌 것 같지만 그렇지 않다. 습관적으로 하는 말은 '삶을 대하는 자세'를 설명하는 가장 명확한 요약본이다. 마음가짐은 입을 통해 가장 먼저 튀어나온다.

상품에 저마다 로고가 있는 것처럼, 사람도 저마다 말버릇이 있다. 의식하지 않아도 계속 튀어나오는 말. 늘 마음속에 품고 있는 문장. 반복적으로 입에 오르내리는 말. 그것이 바로 나의 로고, 나의 브랜드다. 사람이라면 누구나 좋은 브랜드에 호감이 간다. 그렇다면 좋은 브랜드의 물건을 지니는 것보다 스스로가 먼저 명품이 되어야 하지 않을까.

말버릇이 명품을 만든다. 습관적으로 '감사하다'라는 말을 하곤 한다. 내 철학이 그렇다. 모든 것에 감사하다. 누군가가 나를 챙겨주었을 때, 그 시간과 노력에 보답하는 일, 감사를 전하는 일이 최선이라 생각한다. 삶을 보다 풍요롭고 따스하게 만드는 건 받은 만큼 표현하는 일이 아닐까.

당신에게도 당신만의 철학이 있을 것이다. 인사를 열심히 하는 일, 밥을 남기지 않는 일, 새벽같이 몸을 일으켜 세우는 일. 무엇이 되었든 좋다. 철학의 옳고 그름을 따지고 싶지는 않다. 인생에 정해진 답이 어디 있겠는가. 스스로 굳게 믿는 무언가가 있다는 것. 또 그것을 관철시키려는 진중한 자세가 있다는 것. 그보다 멋진 일이 또 없다. 다만 당신의 철학이 좋은 말버릇과 함께 하기를 바랄 뿐이다.

자신의 말버릇을 알아차린다는 건 참 어렵다. 내뱉는 모든 말을 녹음하여 하루 종일 듣고 있을 수도 없는 노릇이다. 그러니 매 순간 스스로 돌아보며 인지할 필요가 있다. 어떤 한 문장이 반복된다는 걸 느끼는 날이 온다. 정말 자연스럽게 튀어나오는, 그 말에 집중해야 한다. 내가 반복해서 하는 말이야말로 내가 반복해서 듣게 되는 말이기도 하다. 사람은 듣는 것을 행동에 옮긴다. 행동은 내 모습 그 자체다. 좋은 행동은 좋은 사람을 만든다. 당연한 이치 아닐까.

말 한마디가 나를 바꾼다.

마음은
수수께끼가
아니다

나이가 들었음을 느끼는 순간이 여럿 있다. 그중에서 가장 괴로운 건 몸이 예전 같지 않다는 게 느껴질 때다. 단순히 나이라는 숫자만 높아지는 거라면 크게 신경 쓰이지 않을 것이다. 그러나 문제없던 몸의 일부가 예전처럼 움직이지 않을 때, 약을 먹어도 상처가 잘 회복되지 않을 때. 그제야 건강을 신경 쓸 나이가 되었음을 깨닫곤 한다. 요즘은 세상이 참 좋아졌다. 대충 이쯤 어딘가가 아프다고 말하면 알아서 진료해 주고 그에 맞는 처방을 내려주니 말이다. 구구절절 설명하지 않아도 되어서 좋다.

그런데 몸 안쪽이 아픈 건 또 다른 문제인 듯하다. 최근엔 내과에 갔다. 식사를 하고 조금만 지나면 자꾸 배가 아파왔던 탓이다. 아마도 식사 후에 바로 눕는 습관이 원인인 것 같았다. 나름 튼튼한 위를 가지고 있다고 생각했는데 역시 안 좋은 습관에 장사 없었다. 며칠을 참다가 결국 병원에 갔다.

진료실에 들어가 의자에 앉았다. 배가 아프다고 말했다. 지금까지 다녔던 병원이 그랬던 것처럼 알아서 처방을 내려줄 것이라 기대했다. 그런데 예상과 달랐다. 어떻게 아프냐는 질문을 들었다. 아픈 게 그냥 아픈 거지 특별한 이유가 있나 싶었다. "잘 모르겠어요"라고 답하니 질문을 자세히 풀어주었다. 넓은 부위가 부풀듯 아픈지, 좁은 부위가 찌르듯 아픈지, 근육이 당기듯 아픈지. 생각해 보니 아픈 것도 참 종류가 많았다. 속이 아픈 건 눈에 보이지도 않으니 의사조차 모르는 것이었다. 그제야 내 고통에 대해 돌아볼 수 있었다. 내 고통은 나밖에 모른다.

사람 마음속도 몸속이 아픈 것과 비슷하지 싶다. 마음은 겉으로 드러나는 게 아니라 속 안에 숨어 있다. 누군가가 대신 느껴줄 수 없다. 오로지 나 자신만이 온전히 어루만질 수 있는 것이다. 겉보기에 비슷해 보이는 마음도 자세히 들여다보면 참 제각각이다. 즐거운 표정을 짓는다 해서 모든 사람이 똑같은 이유로 기뻐하는 게 아니듯 말이다. 노력의 결실이 느껴져 기쁜 것일 수도, 주변 사람에게 자랑할 일이 생겨 기쁜 것일 수도 있다. 어딘가엔 크게 기쁘지 않으면서도 그런 척만 하는 사람도 있을 테다.

비단 긍정적인 감정뿐만은 아닐 것이다. 부정적인 감정도 마찬가지다. 그중에서도 슬픔이 그렇다. 누군가는 그냥 슬픈 것이라 하겠지만, 세상에 존재하는 모든 부정적인 감정에는 그럴 만한 사연이 있다고 생각한다. 현재 마주한 문제가 안 좋은 결말과 이어진 과거의 일과 겹쳐 보여서 슬픈 것일 수도 있다. 상대방에게 내 진심을 명확하게 이해받지 못해 슬픈 것일 수도 있다. 배가 아픈 것에 다양한 원인이 있는 것처럼, 마음이 아픈 것에도 그럴 만한 이유가 있다. 느끼려 하지 않으니 느껴지지 않는 것뿐이다.

어찌 보면 사람보다 답답한 존재가 또 없다. 내 감정을 아는 건 오로지 나뿐인데 그걸 남이 알아주길 바란다. 특히 가까운 사이일수록 그렇다. 오랜 시간을 함께

보낸 만큼 서로를 잘 알고 있을 것이라 생각하기에, 내 속마음 또한 잘 알아줄 것이라 단정 짓고 만다. 물론 어딘가엔 말하지 않아도 다 알아주는 사람이 정말 존재할지 모른다. 하지만 그건 어디까지나 추측의 성공률이 높은 사람에 불과할 것이다. 그런 추측을 믿으며 관계를 이어나가는 일은 관계를 운에 맡기는 것과 별반 다르지 않다. 속마음은 표현하지 않으면 아무도 모른다.

사람은 유독 부정적인 것에 민감하다. 특히나 마음의 영역에서 그렇다. 기쁜 감정을 이해받지 못하는 건 큰 상처가 되진 않지만, 슬픈 감정을 이해받지 못하면 그보다 서운할 수가 없다. 관계가 위태롭게 느껴지는 것도 이 때문이다. 이만큼이나 친한데도 내 감정을 몰라준다는 것이, 마치 허송세월을 보낸 관계처럼 느껴진다. 똑같은 슬픔을 계속 마주할 것 같아 초조하고 외롭다. 나는 이럴 때마다 그 관계를 떠나 새로운 사람을 찾아 나서곤 했다. 하지만 뒤늦게 깨달은 건, 내 마음을 다 알아주는 사람은 이 세상 그 어디에도 없다는 사실이었다.

각자의 슬픔 속에 숨어 있는 사연. 그걸 가장 잘 아는 건 나 자신임을 잊지 않아야 한다. 말하지 않아도 상대방이 알아주길 바라는 건 욕심이다. 그 욕심을 내려놓을 줄 알아야 한다. 병원에서도 몸이 어떻게 아픈지 하나라도 더 말하는 사람이 진료도 더 잘 받는다. 관계도 마찬가지다. 좋은 관계를 유지하기 위해선 내 슬픔이 어떤 모양을 하고 있는지 하나라도 더 말할 줄 알아야 한다. 속마음이 괜히 속마음으로 불리는 게 아니다. 끄집어내기 전까진 나밖에 모른다.

가까운 관계로 인해 답답함을 느끼고 있다면, 내 속마음을 잘 전달하고 있는지 확인해 볼 필요가 있다. 관계에선 상대방의 감정을 잘 알아주는 것도 중요하지만, 내 감정을 잘 알려주는 게 선행되어야 한다. 그 첫걸음은 내 슬픔이 어떤 모양을 하고 있는지, 어떤 이유 때문에 슬픈지 스스로가 먼저 명확히 인지하는 것이다. 같은 문제가 반복되어 답답한 것인지, 과거의 트라우마에서 벗어나지 못한 것인지, 단순히 그날 기분이 안 좋은 것인지 말이다. 겉으론 더 이상 가까워질 수 없는 관계의 다음 단계는 속으로 가까워지는 일이라 믿고 있다.

속마음은 수수께끼 퀴즈가 되어선 안 된다.

좋은 관계에는
좋은 싸움이
필요하다

       좋은 관계를 유지하기 위해선, 싸우지 않는 것보다 얼마나 잘 싸우느냐가 관건인 듯하다. 어려서부터 누군가와 얼굴 붉히는 걸 좋아하지 않았다. 상처될 수 있는 말을 주고받는 게 싫기도 했지만, 그보다는 시간과 감정을 낭비하는 것처럼 느껴진 게 주된 이유였다. 나에게 쏟을 에너지도 부족한데, 언제 끊어질지 모르는 관계를 위해 시간과 감정을 들인다는 게 참 부질없는 일이라 생각했다. 삶의 모든 일과 마찬가지로 관계 또한 시간을 들여야 발전하는데 그걸 미처 몰랐던 시절이었다.

지금까지의 관계를 돌아보면, 시간을 들여 갈등을 원만히 해결한 관계일수록 더 깊은 사이로 발전할 수 있었다. 단순히 기분 상하는 게 싫다는 이유로 상황을 회피한 관계는 모두 끊어졌다. 마음에 들지 않는 구석을 발견했을 때 현명하게 이야기를 꺼낼 줄 아는 자세. 서운하다는 말을 들었을 때 무엇이 문제였을지 진심으로 고민할 줄 아는 태도. 비록 그 상황만큼은 정신적으로 다소 괴롭지만 이런 모습이 관계를 한층 가깝게 엮어주었다. 관계는 시간을 들일수록 발전하는 것이었다. 갈등을 회피하는 건 고장 난 기계를 방치하는 것과 같다.

사람의 몸은 초과 회복하는 성질이 있다. 이는 '신체적으로 어떤 상처를 입었을 때, 손상된 부분이 기존의 것보다 더 튼튼하게 회복되는 능력'을 말한다. 운동을 하며 상처 입은 근육이 더 크고 단단하게 성장하는 것도 초과 회복이 일어난 까닭이다. 기타리스트의 손끝과 발레리나의 발끝에 굳은살이 가득한 것도 같은 이유에서다. 상처 입기 전 상태로 돌아오는 '복구'를 넘어서, 그다음 상처를 방지할 수 있도록 '성장'까지 이루어지는 게 사람의 몸인 것이다.

이는 관계에서도 똑같이 적용되는 듯하다. 관계가 회

복될 때는 기존의 상태로 돌아가는 것에 그치지 않는다. 전보다 더 나은 관계가 될 수 있는 초과 회복이 일어난다. 몸의 회복과 관계의 회복 둘 다 시간을 들여야 하는 건 같지만, 방식에는 큰 차이가 있다. 몸은 아무것도 하지 않을 때 회복이 되지만, 관계는 무언가를 해야만 회복이 된다. 여기서의 무언가는 바로 대화다. 관계에서 초과 회복이 일어나려면 시간을 들여 적절한 대화를 주고받아야 한다. 관계에서만큼은 아무것도 하지 않으면 정말 아무 일도 일어나지 않는다.

갈등을 원만히 해결하는 사람은 갈등을 대하는 태도부터가 다르다. 서로 얼굴 붉히는 일이 생겼을 때, 이를 '관계의 종착지'로 여기는 게 아니라 그다음 단계로 나아갈 수 있는 '관계의 정류장'으로 받아들인다. 그 상황을 해결하면 서로를 조금 더 잘 이해할 수 있는 능력이 생긴다는 것을 안다. 그렇기에 순간의 감정으로 갈등을 회피하거나 관계를 단절하지 않는다. 왜 문제가 생겼는지, 어떻게 해결할 수 있을지 이성적으로 생각하고 접근하는 태도가 관계에 날개를 단다. 시간을 들일수록 빛나는 게 관계다.

많은 사람이 갈등 없는 관계를 희망한다. 다투며 사

는 것보다 평화롭게 살고 싶은 건 당연하다. 그러나 갈등 없는 관계란 어디에도 존재하지 않는다. 애초에 서운함을 느끼는 건 상대방이 그만큼 좋다는 뜻이니 말이다. 서로 힘을 합쳐 괜찮은 미래를 그리고 싶다는 생각이 있기 때문에, 마음에 들지 않는 부분이 자연스럽게 눈에 들어오는 것이다. 그 사람을 향한 마음이 전혀 없다면 뭘 하든 그러려니 할 것이다. 서로 갈 길 가면 그만이니 말이다.

가깝기에 부딪히는 것뿐이다. 만약 사이좋은 관계라 생각했는데 다툼이 아예 없다면, 그 관계는 겉보기에만 가까운 관계일 수 있다. 정말 사이좋은 관계인지 다시 한번 돌아볼 필요가 있다. 둘 중 한 명은 이미 갈등을 회피하고 있거나 마음속에 감정을 쌓아두고 있는 상황일 수 있다. 이런 관계는 언제 터질지 모르는 시한폭탄과도 같다. 갈등은 그 순간에 풀면 싸움에 그치지만 시간이 지나면 전쟁으로 변한다. 시간을 들여 대화를 나누고 서로의 속마음을 들여다보려는 용기가 필요하다.

갈등으로 인해 마음고생하고 있다면, 그건 오히려 관계가 제대로 흘러가고 있다는 신호다. 그 신호를 잘 이용하기 위해선 내 감정만 내세우지 않는 것이 무엇보다 중요하다. 누구나 대화가 잘 풀리지 않으면 답답해지고, 서운한 마음을 이해받지 못하면 슬프고 짜증이 나기 마련이다. 이때 내 감정만 내세우는 건 불에 기름을 붓는 격이다. 이해받고 싶은 마음을 약간 덜어내는 일. 객관적인 시야로 문제를 들여다보는 일. 이런 자세로 갈등을 하나둘 풀어나가다 보면 한층 돈독한 관계로 발전할 것이다.

좋은 관계에는 좋은 싸움이 필요하다.

기둥 같은
사람

        조용한 사람은 인기가 없다고 줄곧 믿어
왔다. 그럴 만도 했다. 조용한 내가 사람들을 몰고 다녀
본 적 없었기 때문이다. 학창 시절은 주로 혼자 보냈다.
옆자리에 앉았던 짝꿍을 제외하면 기억에 남는 친구가
몇 없다. 대부분은 말 좀 해보라며 관심을 보이다 제풀
에 지쳐 다른 곳으로 발걸음을 옮겼다. 어쩌면 내가 그
걸 바랐던 것 같기도 하다. 누군가 다가오면 다급히 소
설책을 펼쳐 활자의 세상으로 몸을 숨겼으니 말이다.
소심한 성격이 한몫했지만, 울타리를 친 것은 결국 나
였다.

예전엔 "지인 덕을 봤다" 같은 말을 부러워했다. 나는 덕을 볼 지인이 없었기 때문이다. 어느 순간부터는 내가 너무 초라해 보였다. 모든 어려움을 평생 혼자 헤쳐나가야 할지도 모르겠다는 두려움이 생겼다. 어느 정도는 적극적으로 대화에 임할 줄 알아야 한다는 생각이 들었다. 그래야 인간관계를 차곡차곡 쌓아나갈 수 있고, 때론 덕을 볼 수도 있겠다고 생각했다. 이후론 화법을 공부했다. 대화를 시작하는 법, 정적을 깨는 법, 순식간에 친해지는 법 등. 형식적이긴 했지만 관계의 거리를 좁히는 데 도움이 됐다.

그렇게 사람을 사귀면서 깨달은 하나는, 인간관계를 늘리는 것과 조용한 건 별개의 문제라는 사실이었다. 대화의 핵심은 말재주가 아니었고, 조용해도 사람이 따를 수 있었다. 오히려 조용한 성격을 선호하는 사람이 많았다. 말을 유창하게 하진 못해도 진심으로 소통하려는 자세를 좋아하는 사람이 많았다. 본인 이야기에만 푹 빠져 있는 사람은 인기가 없었다. 하기야 나조차도 '잘 말해주는 사람'보다는 '잘 들어주는 사람'이 좋았으니 다른 사람들도 마찬가지였을 것이다. 관계를 빛내는 사람은 밤하늘처럼 고요하지만 울림이 있다.

조용한데도 불구하고 유독 인기 많은 사람을 몇 안다. 성우처럼 귀에 쏙쏙 박히는 목소리를 가진 것도 아니고, 개그맨처럼 말 한마디로 좌중을 웃음바다로 만드는 것도 아니다. 그럼에도 그들만의 특별한 매력이 있어서 언제나 주변에 사람이 가득하다. 심지어 그 매력은 시간이 지날수록 배가되어서 점점 더 호감이 커진다. 한겨울의 모닥불 같은 사람. 밤하늘의 보름달 같은 사람. 푸른 들판 위의 소나무 같은 사람. 존재감이 약한 듯하면서도 관계의 기둥이 되기에 사람이 몰릴 수밖에 없다.

적절한 순간에 적당한 말을 하는 것. 그게 매력이다. 말수가 적은 이유는 말을 잘하지 못해서가 아니라, 어떤 말을 해야 할지 신중하게 선택하는 시간 때문이다. 생각을 정리하는 시간 동안 상대방을 섬세하게 관찰하기에 정확한 순간에 꼭 필요한 말을 할 줄 안다. 생각과 감정을 쉽게 드러내지 않기에 어쩌다 꺼낸 말 한마디가 더욱더 진중하고 설득력 있게 느껴진다. 말을 적게 할 뿐이지 쓸모없는 말을 하진 않는 것이다. 이렇게 진솔하고 든든한 사람을 어찌 멀리할 수 있겠는가.

말은 생각을 표현하는 수단이다. 그러나 모든 사람에게 날것의 생각을 들이부어선 안 된다고 느낀다. 관계에서 표현은 참 중요하지만, 그건 어디까지나 깊은 정을 나누는 관계 한정이다. 처음 보는 사람, 한번 보고 끝날 관계, 업무적인 관계. 이런 관계에서 말을 많이 하는 건 오히려 독이 될 수 있다. 감정을 표현한다는 이유로, 혹은 친해지겠다는 이유로 쓸모없는 말을 계속하는 일은 오히려 상대방에게 빈틈을 보여주는 일이다. 훗날 후회로 남는 말은 대개 이런 쓸모없는 말에서부터 온다. 관계를 끌고 가는 사람은 필요한 말만 한다.

인간관계에서 주도권을 잡는 것은 꽤나 중요하다. 주도권이라고 표현하니 다소 거칠게 느껴질지도 모르겠다. 여기서의 주도권은 '강압적으로 휘어잡는다'라기보다는 '관계의 핵심 인물이 된다' 정도로 받아들이면 될 듯하다. 즉 기둥 같은 사람이다. 관계를 주도하는 사람은 직장 생활뿐만 아니라 거의 대부분의 상황에서 성공적인 경우가 많다. 그 사람과 함께하면 왠지 마음도 편하고 일도 잘 풀리기에, 뭔가 맡겨도 문제없을 것 같다는 생각이 들기 때문이다.

관계를 이끄는 사람은 활발하고 표현을 잘 한다고 생각할 수 있지만, 실제로는 정반대일 때가 많다. 대체적으로 과묵한 사람이 관계의 주도권을 쥔다. 들어주기만 하니 대화에 끌려다니는 것처럼 보일지도 모른다. 그러나 실제로는 상대방이 잘 말할 수 있는 환경을 제공하는 것이다. 조용한 사람은 묵묵히 노를 저어 배의 방향을 잡는다. 조용하다고 해서 소극적인 것은 아니다. 태도를 보면 그 누구보다 적극적이라는 것을 알 수 있다. 단지 '입'을 여는 게 아니라 '귀'를 여는 일에 초점을 두고 있어서 소극적으로 보이는 것뿐이다.

만약 당신이 조용한 성격의 소유자라면, 그건 관계의 기둥이 될 수 있다는 뜻이다. 조용한 이유는 할 말이 없어서가 아니라, 상대방이 어떤 말을 하는지 세심하게 관찰하는 중이라는 것. 상대방이 상처받지 않도록 말을 부드럽게 다듬는 중이라는 것. 비록 지금 당장은 단점처럼 보여도, 보석보다 귀한 가치가 있음을 깨닫는 날이 온다.

> 잘 말하는 사람은 시선을 끌지만,
> 잘 듣는 사람은 무리를 이끈다.

입이
근질근질해지는
질문

인생을 살아가는 데 마음 맞는 사람보다 중요한 게 또 없다. 드라마 보길 좋아하는 친구와 그동안의 줄거리를 주고받으며 정신없이 떠드는 일. 카페 다니길 좋아하는 친구와 새로 오픈한 가게를 찾아다니는 일. 겉보기엔 정말 사소한 일상이지만 이런 사소함이 삶에 안정을 가져다준다. 내 생각을 이해해 주는 사람과 대화를 나누다 보면 마음이 풍요로워진다. 마음 맞는 사람이 존재한다는 사실 하나만으로도 삶의 질이 크게 달라지는 것이다.

마음이 이어져 있다는 건 두 사람의 삶이 튼튼히 연

결되어 있다는 뜻이다. 이 연결은 단순히 서로에게 호감이 있다거나, 오랜 기간 알고 지낸다고 해서 만들어지는 것이 아니다. 그보다는 얼마나 서로의 관심사를 공유하고 이해하느냐에 달렸다. 상대방과 내가 동일한 것에 흥미를 가지고 있다는 사실에서 오는 즐거움. 보이지 않는 서로의 세계가 맞닿아 있음에서 오는 심리적 유대감. 이게 느껴질 때 비로소 '저 사람은 나와 잘 맞는다'라는 생각이 드는 것이다.

이를 보면 잘 맞는 사람의 기준은 결국 '관심'이다. 상대방이 나에게 던지는 질문. 내 머릿속에 든 생각을 듣고 싶어 하는 자세. 이런 관심이 하나둘 쌓여 '마음의 문을 여는 열쇠'가 된다. 이는 반대 방향으로 적용해도 동일하다. 내 기준을 충족하는 것과 마찬가지로, 상대방에 대해서 조금 더 알고자 하는 자세 또한 관계의 열쇠가 된다. 잘 맞는 관계를 늘리고 싶다면 이 열쇠를 잘 다루고 있는지 확인해 볼 필요가 있다. 얼마 가지 않아 틀어지는 관계는 대개 서로에게 더 이상 궁금한 게 없는 관계다. 질문이 없으니 답변도 없을 수밖에. 관계의 핵심은 관심이다.

나를 잘 맞춰주는 사람만 골라서 만나면 되지 않겠느

나고 되묻는 사람도 있을 것이다. 이 세상에 사람이 한 두 명만 있는 것도 아닌데, 굳이 몇 명 때문에 스트레스 받을 필요 없다며 말이다. 틀린 말은 아니다. 차고 넘치는 게 사람이다. 언제나 나만 바라보고 아낌없이 사랑을 주는 사람과 연을 이어나가도 부족한 게 인생이다. 사람 하나 지키겠다고 매달리며 감정을 소모하는 건 오히려 삶을 피폐하게 만들 수 있다.

그러나 사람 일이라는 게 좀처럼 뜻대로 흘러가지 않을 때가 많다. 끊어내고 싶지만 쉽게 끊어낼 수 없는 상황에 놓인 관계도 있다. 대화가 잘 통하지 않아도 어쩔 수 없이 함께해야 하는 관계도 있다. 관심을 주지 않으면 상당한 불이익이 생기는 관계도 있을 것이고, 대부분 잘 맞지만 딱 한 가지가 안 맞아 거슬리는 관계도 있을 것이다. 이런 상황에 여러 번 놓이면 삶에 의심이 생기기 시작한다. 그 의심은 '내가 인복이 없나 보다', '전생에 죄를 지었나 보다' 같은 생각으로 이어진다. 이를 막기 위해선 관계의 주도권을 쥘 줄 알아야 한다.

많은 사람이 관계가 뜻대로 풀리지 않으면 인간관계 자체가 부질없다며 포기해 버린다. 그 이유는 주로 세 가지로 귀결된다. 첫째는 괜찮은 사람을 찾는 행동이 에

너지 낭비처럼 느껴져서다. 둘째는 먼저 다가오는 사람 중에 괜찮은 사람이 없어서다. 셋째는 어떻게 해야 관계를 발전시킬 수 있는지 몰라서다. 이 중에서 가장 중요한 건 마지막이다. 하나의 관계를 개선할 줄 아는 사람은 모든 관계를 개선할 수 있는 능력을 얻게 된다.

누군가에게 다가가는 건 분명 어려운 일이다. 특히나 관심사가 다를 땐 더욱더 그렇다. 대화도 잘 이어지지 않고 쉽게 공감할 수도 없으니 답답할 뿐이다. 마치 나와 다른 세상에 사는 사람 같다. 이럴 땐 반대로 생각해 보는 게 도움이 된다. 내 관심사는 무엇인지, 어떤 말을 하고 싶은지 생각해 보는 것이다. 그럼 알게 된다. 사람이라면 누구나 입이 근질근질해지는 질문이 하나쯤 있다는 것을. 그런 질문을 찾아서 상대방에게 건네면 된다. 사람을 하루 종일 떠들게 만드는 질문. 그게 바로 관계를 개선하는 열쇠다.

단단한 성벽 같은 사람도 곧장 벽을 허물 때가 있다. 적절한 질문을 마주할 때가 그렇다. 내 모습만 봐도 그렇다. 비 오는 날의 꽉 닫힌 창문처럼 말 한마디 안 하고 있다가도 "어떤 책을 좋아하시나요?"라는 질문에 현관이며 창문이며 모든 문을 활짝 연다. 그런 질문을 계속 듣다 보면 '왠지 저 사람과는 대화가 잘 통하는 것 같다'라는 생각이 든다. 실제로는 나 혼자 떠들었을 뿐인데, 그로부터 생기는 즐거움이 상대방을 '특별한 사람'으로 만드는 것이다. 대부분의 사람이 그렇다. 내 관심사에 귀 기울여 주는 사람을 어찌 싫어할 수 있을까.

마음 맞는 사람이 저절로 굴러들어오지 않는다면, 스스로가 먼저 그런 사람이 될 줄도 알아야 한다. 인간관계가 부질없게 느껴질 땐 더욱이 그렇다. 모든 관계를 단절하기보다는 새로운 관계를 찾거나 기존의 관계를 개선하는 능력을 기르는 편이 낫다. 그러면서 전보다 더 괜찮은 사람을 만날 수도 있고, 그동안 느끼지 못했던 감정이 피어날 수도 있다. 관심사를 관찰하는 일. 즐겁게 대답할 수 있는 질문을 건네는 일. 그러니까, 상대방에게 특별한 사람이 되기 위한 노력. 이런 한 걸음이 관계를 새롭게 정의한다고 믿는다.

담을 쌓는 것도 나지만,

허무는 것도 결국 나다.

이별은
더 좋은
시작이다

삶의 보편적인 진리를 하나 꼽자면, 이 세상 어디에도 영원한 건 없다는 것이다. 시간이 지나면 정말 모든 게 변한다. 귀중한 물건을 바라보는 시선도, 순간의 감정도, 하루의 기분도, 삶을 대하는 태도마저도. 인간관계도 예외는 아니다. 누군가와 함께하는 시절. 이를 영원히 지속하는 건 불가능하다. 학교를 졸업하듯 때가 되면 떠나야 하기도 하고, 끊임없는 마찰 때문에 남보다 못한 사이가 되기도 한다. 아무리 발버둥쳐도 사람은 결코 이별의 손아귀에서 벗어날 수 없음을 느낀다.

그래서인지 이별은 언제나 악당 같은 느낌이다. 왠지 이별은 단어의 생김새조차 괴팍해서 눈을 마주치면 안 될 것 같고, 단어를 언급하거나 머릿속으로 떠올려서도 안 될 것 같다. 대개 사람들이 말하는 관계의 중점이 '만남'에 있는 것도 이별의 두려움 때문일 것이다. 좋은 사람을 만나 즐거운 시간을 보내며 추억을 하나둘 쌓아가는 일은 악당 같은 이별을 마주하는 것보다 훨씬 기분 좋은 일이니 말이다. 그런 만남을 무한히 이어나갈 수 있다면 참 좋을 텐데, 삶은 역시나 바라는 대로 흘러가지 않는다.

이별이 두려운 또 하나의 이유는 '변화'를 마주해야 하기 때문이다. 아마도 이게 두려움의 가장 큰 원인일 것이다. 관계의 마지막 정류장에 도착했을 때 태도가 급격히 바뀌는 사람들이 꼭 있다. 그동안 숨겨놓았던 감정 덩어리를 폭탄처럼 터트리는 사람도 있고, 험한 말을 내뱉거나 폭력적인 행동을 보이는 사람도 있다. 이런 충격적인 결말을 겪고 나면 강한 배신감이 정신을 휩쓴다. 이윽고 '저게 저 사람의 본성이구나', '그동안 속았구나' 하는 생각에 괴로움이 커진다. 진짜 두려운 건 관계가 끊어지는 게 아니라, 그 관계가 가짜였음을 알게 되는 것이다.

입장 바꿔 생각하면 백 번 양보해서 조금은 이해할 수 있을지도 모르겠다. 사람은 참 간사한 존재이기 때문이다. 마지막 순간까지 상냥한 모습을 유지하는 게 어찌나 어려운지 모른다. 생각해 보면 그렇지 않나. 뒤돌면 끝인 관계다. 두 번 다시 볼 필요 없는 사람이다. 굳이 애써가며 다정하게 대할 필요 없고, 불투명한 감정을 헤아리기 위해 노력할 필요도 없다. 그동안 억눌렀던 말과 행동을 다 털어내고 뒤돌면 그만이다. 그럼 적어도 속은 시원할 테니까. 어쩌면 이런 행동은 편안함을 추구하기 위한 사람의 본능일지도 모른다.

그럼에도 불구하고 어딘가엔 마지막 순간까지 기어코 변하지 않는 사람들이 있다. 다정하게 말을 이어나가며 언제 어디서든 응원하겠다고 말해주는 사람. 지나간 일에 연연하지 않고 끝까지 침착한 감정을 유지하는 사람. 분명 마음속 한편에는 꺼내고 싶은 말이 쌓여 입이 근질근질할 텐데도, 마지막 순간까지 그것을 터트리지 않는 것이 그 사람의 성숙함을 증명해 주는 듯하다. 본능을 억누를 줄 아는 참 대단한 사람들이다.

모든 이별은 괴롭고 힘들다. 그러나 성숙한 이별을

겪으면, 내가 그동안 제대로 된 사람을 만나왔다는 사실에 조금은 안심하게 된다. 이별을 이성적으로 바라볼 수 있기 때문이다. 내가 잘한 것과 잘못한 건 무엇인지, 어떤 점을 개선해야 하는지, 앞으로 어떤 사람을 만나야 하는지 깨닫게 된다. 이미 무너진 관계를 다시 쌓아올릴 순 없지만, 대신 사람으로서 한 단계 성장하게 되는 것이다. 어떤 헤어짐은 단순한 작별의 순간이 아니라, 삶의 중요한 전환점이 된다.

만남은 기쁘지만 다소 가식적이고, 이별은 슬프지만 가장 솔직하다. 사람은 솔직함 앞에서 마음을 최대로 연다. 이건 '잘 만나는 것'보다 '잘 헤어지는 것'이 훨씬 중요한 일임을 뜻한다. 마지막 순간까지 서로의 사사로운 감정을 해소하기 위해 얼굴 붉히는 일은 소중한 깨달음의 기회를 날리는 것과 별반 다르지 않다. 누군가를 놓아주는 건 분명 어려운 일이지만, 그것이 서로를 위한 최선의 선택임을 인정하고 받아들일 줄 알아야 한다. 성숙한 이별은 양쪽 모두에게 도움이 된다.

만약 당신이 어떤 돌이킬 수 없는 관계에 놓였다면, 그건 '좋은 이별'을 준비하라는 신호일 것이다. 무조건적으로 다정하고 상냥한 태도를 보여줄 필요는 없겠지만, 굳이 날카로운 단어를 움켜쥐며 상대방에게 달려들 필요도 없다. 오히려 그건 내 이미지만 깎아내리는 어리석은 짓일지도 모른다. 보낼 사람은 잘 보내주고, 그 사람으로부터 깨달은 것을 통해 더 좋은 시절을 살면 그만이다. '그냥 이별'은 헤어지는 순간 끝이지만, '좋은 이별'은 헤어지는 순간부터가 시작이다.

삶의 크고 작은 이별들을 마주하며 다짐한 것이 하나 있다. 잘 만날 수 있는 사람이 되기보다, 잘 헤어질 수 있는 사람이 되겠다는 다짐이다. 이는 헤어짐을 전제로 사람을 만난다는 뜻이 아니다. 헤어지는 순간까지도 괜찮은 사람으로 남아 있겠다는 뜻이다. 관계가 울퉁불퉁한 길을 통과하고 있다 한들, 상대방을 억지로 밀어 넘어트려 상처 주어선 안 된다. 설령 그 결말이 각자의 길로 방향을 트는 것이라 해도 첫 만남의 배려가 끝까지 이어져야 한다고 믿는다.

좋은 관계는 헤어지는 순간까지도 좋다.

서툴러도
진솔하게

영혼을 담아 말하는 사람을 만난 적 있다. 마음속 깊은 곳에 있는 말을 한 점 거짓 없이 또렷하게 전달하는 사람이었다. 표정은 약간의 미동도 없이 고요하고 차분했는데, 그렇다 해서 그 말이 단조롭거나 지루하게 느껴지진 않았다. 오히려 그가 전하려는 메시지가 마치 세상의 이치 같아서, 이를 쉽게 받아들이지 못하는 사람은 불쾌하다며 자리를 뜨기도 했다. 나는 오히려 믿음직스러워서 좋았다. 진솔한 사람을 찾아보기 힘든 세상에 믿음직한 대화를 나눈다는 것이 마치 축복처럼 느껴졌다.

모든 대화에 진심이 가득했다. 때론 말에 담긴 진심이 너무나도 깊게 와닿아서 입은 옷을 죄다 뚫고 들어오는 듯했다. 내 속마음까지 들여다보는 것 같아 무섭기도 했지만, 전혀 악의가 없다는 것을 느꼈기에 마음을 온전히 열고 받아들일 수 있었다. 그가 건넨 질문에 답할 때면 신기하게도 나 또한 그처럼 모든 말에 영혼을 담을 수 있었다. 진솔한 사람에겐 나 또한 진솔하게 대하는 것이 옳다고 생각했던 까닭이다. 그때 깨달았다. 결국 비슷한 사람만 곁에 남는다는 것을.

사람은 저마다 편안함을 느끼는 환경이 있다. 대개 책 읽기를 좋아하는 사람은 시끌벅적한 환경에 있기보다는 도서관이나 한적한 카페에 앉아 있는 것을 선호한다. 신기하게도 그런 장소에 가면 비슷한 사람이 가득하다. 가장 구석진 곳에 앉아 이어폰을 꽂고 독서하는 사람. 햇살이 잘 드는 창가 앞에 앉아 조용히 하늘 구경하는 사람. 머릿속에 찜해둔 자리는 이미 선점당하고 없다. 내가 그런 환경을 좋아하듯, 나와 비슷한 사람도 같은 환경을 좋아하기 때문이다. 환경이 사람을 부르는 것이다.

어떤 사람을 만나고 싶은지 물어보면, 대개 '좋은 사

람'이라고 한다. 좋은 사람의 기준은 저마다 다르겠지만 공통점은 분명히 존재한다. 상처 주지 않기 위해 말 한 마디를 고르는 사람. 방금 봤는데도 또 보고 싶다며 머릿속이 나로 가득 찬 사람. 어떻게든 힘이 되어주고 싶어 안달 난 사람. 말하지 않아도 그 마음이 느껴져 내 눈시울을 붉게 만드는 사람. 눈에 보이는 성과를 만들어내지 못해도 끝까지 나를 믿어주는 사람. 이런 사람은 생각하는 것만으로도 즐겁다.

이 중에서도 진솔한 사람이 최고가 아닐까 싶다. 좋은 사람이라 생각하고 만났지만 진솔함 하나 때문에 틀어진 관계를 지겹도록 봤다. 제아무리 나를 아끼고 배려하는 다정한 사람이라 해도 신뢰할 수 없으면 무의미하다. 사람의 의심은 끝도 없기 때문이다. 단 한 번의 불신이 앞으로 다가올 모든 순간에 재를 뿌린다. 대화에 서툴러서 일목요연하게 말하지는 못해도, 자신의 생각과 감정을 숨기지 않고 표현하는 사람을 곁에 두어야 한다. 관계에서 마음 졸이지 않으려면 불신이 없어야 한다.

진솔한 사람만 골라 사귈 수 있으면 좋겠지만, 그게 참 말처럼 쉽지 않다. 사람을 가려내는 마법의 투시경이라도 있지 않은 이상, 어떤 사람이 진솔함을 품고 있는지 단번에 알아채는 건 어렵기 때문이다. 이럴 때 필요한 게 '환경의 법칙'이다. 스스로 찾아오게 만드는 것. 조용한 환경을 좋아하는 사람이 그곳으로 알아서 모이는 것처럼, 내가 먼저 진솔한 사람이 되면 진솔함에 목말라 있는 사람이 알아서 모인다. 대화를 몇 번 주고받으면 안다. 꾹꾹 눌러 담아 건넨 진심을 되돌려주는 사람이 있다는 것을. 사람은 결국 끼리끼리 만난다.

진솔한 사람이 되는 게 먼저다. 가장 좋은 방법은 스스로에게 진심을 다해보는 것이다. 진솔한 사람은 자기 자신과 끊임없이 대화 나눌 줄 안다. 그러기 위해선 혼자만의 시간을 잘 활용할 줄 알아야 한다. 살다 보면 고독을 마주할 때가 있다. 단순히 혼자 있기를 좋아해서일 수도 있지만, 의도치 않게 혼자 남겨지는 경우도 있다. 의도했든 의도하지 않았든, 이런 시간을 조금 더 소중히 대할 줄 알아야 한다.

대부분의 사람은 이 시간에 방황하는 듯하다. 단순히 혼자 있다고 해서 혼자만의 시간을 보내는 게 아니다. 스마트폰으로 친구와 대화하는 일, SNS 세상에 들어가 낯선 이와 접촉하는 일, 술에 취해 외로움을 잠시 잊는 일. 이래서는 나를 만날 수 없다. 자신과 대화하기 위해선 고독을 내 편으로 만들 줄 알아야 한다. 책을 읽거나 글을 쓰는 일, 공감 가는 음악을 들으며 감정을 터트리는 일, 낯선 여행지에서 또 다른 일상을 느끼는 일. 이런 고독함이 내면을 마주할 수 있는 환경을 만들어준다. 이때가 스스로에게 진심을 다할 수 있는 시간이다.

　나 자신과 가장 친한 사람이 되기 위해 노력하고 있다. 독자와 소통하는 시간을 제외하면, 혼자 있는 대부분의 시간은 고독에 빠져 산다. 그렇게 내면을 수없이 마주하고 나면, 최소한 나에게만큼은 가장 진솔한 사람이 되어 있음을 느낀다. 고독의 시간 동안 스스로에게 건넨 질문, 격려, 조언을 기억해 두었다가 타인과 대화할 때 반영한다. 나에게 진심을 다했던 시간이 또 다른 마음에 닿는 순간을 좋아한다. 누군가는 고개를 끄덕이며 자신의 고독을 토해낸다. 진솔한 환경이 진솔한 사람을 끌어당기는 것이다.

진심 가득한 관계의 중심,

그 중심을 잡는 것은 나다.

말이
잘 통하는
사람

책 선물하기를 좋아한다. 정확히 말하자면 책을 선물하는 행위보다 책이 상대방에게 닿는 순간을 좋아한다. 상대방에게 도움 될 만한 책을 열심히 골라 건네는 일. 마치 그 책에 적힌 의미심장한 구절을 내 입으로 전하는 것처럼 느껴진다. 그런데 요즘은 책의 위상이 예전 같지 않다. 몇 년 전까지만 해도 "고마워요", "잘 읽을게요"라는 말을 들었는데, 이제는 "선물로 책을 주다니 정말 별로다", "현실적으로 쓸모 있는 걸 줘"라는 말을 듣는다. 책을 건넬 때 상대의 표정이 달갑지 않으면, 대화가 통하지 않는 것 같아 마음 한구석이 답답하다.

책 읽는 인구가 줄어들고 있다. 그런데 모순적이게도 출간되는 책의 수는 늘어나고 있다. 물론 예전보다 진입 장벽이 낮아진 까닭도 있을 것이다. 굳이 출판사를 통하지 않아도, 글을 잘 쓰지 못해도, 책을 펴낼 수 있는 다양한 수단이 생겼으니 말이다. 누군가는 괜찮은 책을 고르는 데 시간이 오래 걸린다며 푸념하기도 한다. 난 오히려 좋다. 읽을거리가 많아지는 건 언제나 환영이다. 다양한 사람의 생각을 들여다볼 수 있는 기회가 늘어나는 것이니 말이다. 책에 담긴 저자의 메시지를 알아차릴 때면 나 또한 한층 성장하는 듯하다.

주변에도 책 내길 원하는 사람이 많다. 그동안의 업적을 알리거나, 삶을 더 잘 헤쳐나갈 수 있는 자신만의 방법을 알리려는 듯 보인다. 책을 많이 팔아서 경제적 자유를 얻고 싶어 하는 사람도 있다. 누군가는 거창한 목적이 없다고 말한다. 그저 자신의 이름 석자 적힌 책을 보고 싶다는 이유가 전부다. 그 사실만으로도 충분히 보람 있는 일 아니겠냐며 말이다. 그런데 이상한 건, 이토록 책 내길 원하는 사람들이 일 년에 단 한 권의 책도 읽지 않는다는 것이다. 읽지도 않고 쓰기만 원하는 게 마치 답답한 대화와 꼭 닮았다.

독서는 듣는 일, 출간은 말하는 일이라 생각한다. 책을 전혀 읽지 않으면서 무작정 책 내길 원한다는 건, 듣지 않고 말만 하겠다는 것처럼 느껴진다. 이런 모습을 볼 때면 지금 세상과 별반 다르지 않다는 생각을 한다. 본인 하고 싶은 말만 늘어놓는 세상이다. 친구 관계, 연인 관계, 동료 관계 따질 것 없이 귀를 틀어막고 입만 여는 사람이 정말 많다. 누군가는 가족 관계에서까지 이를 느낀다고 한다. 가장 원만한 소통이 이루어져야 할 사람과 대화가 통하지 않는다니, 이보다 답답한 게 또 어디 있겠는가.

가장 멀리하고 싶은 사람이 있다. 바로 이해받기만 원하는 사람이다. 서로를 이해하며 사는 게 사람 사는 일 아니겠냐며 눈을 흘기는 사람도 있을 것이다. 맞는 말이다. 우리는 관계 안에서 공감하고 격려하며 신뢰를 쌓는다. 좋은 관계는 지친 몸을 기댈 수 있는 든든한 버팀목이 되어주기도 한다. 고된 삶을 헤쳐나가기 위해서 반드시 필요한 게 인간관계다. 하지만 내 말만 하는 사람은 일방적인 관계를 맺는다. 이해, 공감, 격려, 신뢰를 받기만 한다. 본인의 욕구만을 채우기에 급급한 사람과는 만날수록 힘들어지는 소모적인 관계만을 맺게 될 뿐이다.

물론 다들 각자의 욕심이 있고, 그 욕심을 해결하기 위해 다른 이의 손을 빌리는 게 사람이다. 어쩔 수 없는 삶의 일부인 것이다. 여기서 필요한 건 이해받고자 하는 욕심을 제거하는 게 아니다. 그보다는 순서에 변화를 주는 일이 필요하다. 이해받은 후에 이해해 주기보다, 이해해 준 후에 이해받는 것으로 순서를 바꾸는 것이다. 즉, 말하기 전에 듣는 사람이 되는 일이다. 순서 하나 바꾼 것뿐인데 대화할수록 기분 좋은 사람이 된다. 제대로 말할 줄 아는 사람은 제대로 들을 줄 안다.

평소에 거래처 사람과 연락할 일이 많다. 종종 통신 상태가 안 좋아서 말이 한 박자씩 늦게 전달될 때가 있다. 그럴 때면 특별한 사람을 만나곤 한다. 서로의 말이 겹치는 순간, "말 끊어서 죄송합니다. 먼저 말씀하세요"라고 말해오는 사람. 당장 전하고 싶은 말이 있을 텐데도, 쌓인 업무 때문에 대화를 빨리 끝맺고 싶을 텐데도, 내 말을 먼저 들어주기 위해 귀를 연다. 별것 아닌 듯한 일이지만 이런 행동 하나가 관계의 흐름을 바꾼다. '이 사람이 나를 존중해 주는구나'라는 생각에 그 관계를 계속 이어나가고 싶어진다.

이기적인 사람이 살아남는 냉정한 사회다. 미운 놈에게 떡 하나 더 준다고 하던데, 그래서인지 이를 역이용하는 사람이 많다. 미운 털 박히더라도 내 욕심대로 해서 어떻게든 이득을 취하려 한다. 그러나 관계에서만큼은 이런 이기심이 통하지 않는다. 미운 놈은 그냥 미운 놈으로 남아 있을 뿐이다. 본인밖에 모르는 사람에게 무언가를 주고 싶은 사람은 없다. 인간관계에선 말의 힘을 아는 사람만 살아남는다. 말 한마디를 존중하는 건 그 사람의 모든 걸 존중하는 것과 같기 때문이다. 관계는 말 한마디가 전부다.

글을 쓰기 전에 책부터 펼치는 습관이 있다. 때론 시간 낭비처럼 느껴진다. 책 한 권 읽는다 해서 누가 대신 글을 써주는 것도 아니니 말이다. 그런데 신기하게도 오래 읽을수록 전보다 더 풍성한 문장을 쓸 수 있게 된다. 책을 읽으면서 다양한 문장을 습득하기 때문이다. 인간관계에도 이 습관을 적용한다. 입이 근질거리지만 일단 듣는다. 그럼 그 사람의 다양한 부분을 알게 된다. 그 점을 토대로 말을 이어나가면 대화가 척척 풀린다. '말 잘 통하는 사람'으로 불리는 건 덤이다. 그러니까, 좋은 관

계를 만들기 위해선 먼저 좋은 대화를 만들 줄 알아야
한다.

대화의 순서를 바꾸면 관계의 흐름도 바뀐다.

따갑지만
따스한 말

어려서부터 잔소리를 많이 들었다. 새로운 일을 해보겠다는 다짐에 "그 나이엔 안 하는 게 낫다"라며 충고하던 사람. 열심히 세운 계획에 "비효율적이니 순서를 바꿔야 한다"라며 훈수 놓던 사람. 멋진 몸을 만들겠다는 말에 "관절 상해서 나이 들어 고생한다"라며 가로막던 사람. 이런 사람과 대화할 때면 짜증이 났다. 나름 고민해서 신중하게 내린 선택인데 거기에 반박하는 게 싫었던 거다. 왠지 무시당하는 느낌이 들었다. 이유 없이 나를 깎아내린다며 삐죽삐죽 입 내밀기도 했다.

잔소리가 싫어서 한동안 달콤한 말을 찾아다녔다. 생각보다 쉽게 찾을 수 있었다. 대충 내놓은 의견인데도 완벽한 계획이라며 박수 쳐주던 사람. 대단한 업적을 이룬 것도 아닌데 멋지다며 나를 치켜세우던 사람. 실수해서 토라져 있을 때도 아무 문제 없다며 기분을 둥둥 띄워주던 사람. 곁에 두기만 해도 힘이 났다. 주절주절 의견을 덧붙이며 감정만 상하게 하는 사람보다 백배 낫다고 생각했다. 이런 관계를 하나둘 늘려갈수록 참 괜찮은 인간관계를 맺으며 살고 있다고 느꼈다.

그 느낌은 오래가지 않았다. 나이가 들어서야 깨달았다. 달콤한 말만 늘어놓는 사람은 사실 본심이 아닐 때가 더 많다는 것을. 입발린 말로 나에게 무언가를 얻어내려는 사람이 대부분이었다. 어떻게든 나를 구슬려 밥 한 끼 얻어먹으려는 사람. 그동안 친하게 지냈으니 좋은 선물 한 번 쏴야 하지 않겠냐며 떠보던 사람. 내 앞에서는 칭찬을 늘어놓다가 다른 이에겐 나를 헐뜯고 다니던 사람. 좋다고 느꼈던 관계는 대개 겉모습만 좋을 때가 많았다. 괜찮은 관계라 생각했지만 실질적으론 아무 쓸모 없는 관계였던 것이다. 그때 알았다. 나를 진짜 위하는 사람은 칭찬만 늘어놓지 않는다는 것을.

사람은 다양한 관계를 맺으며 산다. 어딜 가든 내 삶과 엮일 수 있는 고리들이 존재한다. 안 맞는 구석이 있음에도 오랜 세월 우정을 이어온 친구들. 매일 아침 나와 똑같은 표정을 짓고 있는 직장 동료들. 어느새 단골이 되어버린 동네 미용실의 실장님. 이들과 대화할 때면 종종 사람 사는 이야기를 나눈다. 그동안의 삶은 어떠했는지, 앞으론 어떻게 살아갈 것인지 털어놓는다. 여기서 마찰이 생긴다. 내 삶과 엮인 사람이라 할지라도 서로의 생각이 언제나 같은 방향을 향할 수는 없기 때문이다. 설령 그게 상대방을 위한 생각이라 할지라도 말이다.

사람은 즐거운 대화만 원하는 경향이 있다. 나를 응원해 주고, 잘했다는 말로 띄워주는 사람에게 끌리기 마련이다. 어쩔 수 없는 일이다. 삶이 힘들어서 그렇다. 가뜩이나 계획대로 풀리지 않는 일 투성이다. 거기에 대고 이래라저래라 잔소리 늘어놓는 사람을 가까이하고 싶진 않을 것이다. 그랬다간 삶이 더 힘들어질 테니 말이다. 삶이 어려우니 관계만큼은 쉽게 가보자는 것. 사람 마음이 이렇게 나약하다. 이윽고 관계를 분류하기 시작한다. 헐뜯는 사람은 힘을 뺏기는 관계, 응원해 주는 사람은 힘을 주는 관계라고 단정 짓는다.

하지만 정반대라는 것을 깨닫는 날이 온다. 가짜 관계는 나를 위하는 듯 행동하고 기분 좋은 말만 건네주지만, 은근히 나를 미워하고 어떻게든 이용해 먹으려 한다. 진짜 관계는 쓴소리처럼 들려도 진심 어린 조언을 해준다. 내가 조금 더 나은 삶을 살길 바라는, 한층 더 성장한 사람이 되길 바라는 마음. 그걸 느끼는 날이 온다. 비록 말하는 사람도 듣는 사람도 약간의 감정 소모를 할 수는 있겠지만, 진짜 깊은 관계를 맺어야 할 사람은 바로 이런 사람들이다. 장점을 찬양하기보다 단점을 따끔히 짚어주는 사람을 곁에 두어야 한다. 그것이야말로 관계로 하여금 성장할 수 있는 유일한 길이다. 고통이 없는 곳엔 성장도 없다.

물론 잔소리하는 모든 사람이 진짜 관계에 속하는 것은 아니다. 이들 중에는 이유 없이 무작정 헐뜯는 사람도 분명 있다. 잘되는 게 아니꼬워 비난하는 사람도 있다. 어딘가에는 본인 기분 좋을 때는 상냥히 말하다가 기분 나쁜 날에 비난을 쏟아붓는 사람도 있다. 하지만 이런 부류에 속하는 사람은 내 행동을 약간만 바꾸면 금방 걸러낼 수 있다. 상대방 의견을 무시하거나 반박하기보다, 마음을 열고 그 말에 귀 기울여 주는 행동으로 말이다. 나를 진짜 위하는 사람은 내가 마음을 열고 받아들일 때 되레 고마워한다.

잔소리 때문에 감정 소모를 한 적이 있다면 그 관계를 곱씹어 보았으면 한다. 어쩌면 그 사람은 누구보다 당신이 잘되길 바라는 사람일 수 있다. 나는 주로 가족에게서 이런 느낌을 받는다. 입만 열면 서로 의견이 달라 다투기 바쁘다. 더 좋은 선택이 있으니 다시 생각해 보라고 한다. 하지만 그건 내가 싫어서가 아니라 나를 진심으로 사랑하기 때문이라는 것을 안다. 그 상황에서는 때로 견딜 수 없을 정도로 화가 치밀어 오르겠지만, 그 감정과 의견을 잘 정제해서 내 것으로 만들 줄 알아야 한다. 이보다 쉽고 효과 좋은 성장의 발판이 어디 있겠는가.

요즘은 잔소리하는 사람을 찾아다니며 산다. 당근을 내던지고 채찍만 맞고 싶다는 뜻은 아니다. 그보다는 나이 들수록 잔소리 듣기가 힘들어서인 이유가 크다. 다들 본인 삶에 집중하기 바쁘다 보니, 다른 누군가를 위해 생각을 정리할 여유가 없다. 직장에서도 마찬가지다. 직위가 높아질수록 가식으로 가득한 말 또한 자주 듣는다. 이런 삶 속에서 귀에 따갑게 걸리는 말을 발견할 때면 설레기까지 한다. 어쩌면 이 사람이야말로 나를 진짜 아끼는 사람이 아닐까 싶어서다. 따갑지만 따스한 말이 좋아지는 요즘이다.

진짜 관계는 보약이다.
쓸쓸하지만 도움이 된다.

때론
타인의 슬픔이
위로가 된다

힘들어하는 친구를 종종 만난다. 어려운 상황에 놓인 사실을 처음부터 알고 만난 건 아니다. 그저 사람 사는 이야기를 나누다 보니, 자연스럽게 최근의 어려움을 털어놓게 된 듯하다. 이런 솔직한 순간을 마주할 때면, 삶이란 참으로 난제와 같다고 느껴진다. 수학 문제는 답이라도 정해져 있는데, 인생 문제엔 답이 없다. 심지어 그 애매한 답조차 본인이 직접 만들어야 하는 것이기에 더 큰 부담이 된다.

가벼운 문제는 비교적 쉽게 벗어날 수 있지만, 깊은 사연이 담길수록 발을 빼기가 어렵다. 어떤 시련은 늪처럼 보인다. 중요한 시험에 떨어지거나, 채용에 불합격 통보를 받거나, 연인과 헤어지거나, 이런저런 이유로 인해 생긴 좌절의 늪. 어떻게든 벗어나기 위해 발버둥 쳐 보지만, 그럴수록 문제는 깊고 강하게 숨통을 조여온다.

어떤 말이 위로가 될까 하는 고민 끝에 "다 괜찮을 거야"라는 말을 전했다. 위로의 손길을 건네면 늪에 빠진 사람을 구출해 낼 수 있을 줄 알았다. 역부족이었다. 가벼운 문제와는 달리, 그 어떤 손길조차 닿지 않는 거리에 놓인 사람도 있다. 이런 처지에 놓인 사람을 늪에서 꺼내려면 나 역시 늪에 빠질 위험을 감수해야 한다. 때론 누군가의 슬픔이 견고한 밧줄이 되는 듯하다.

생각보다 많은 사람이 결과론적인 입장에서 이야기를 한다. 방황하는 누군가를 보았을 때, "나는 이렇게 해결했으니 너도 이렇게 해 봐"라는 말을 통해 방법을 제시한다. 분명 도움이 될 만한 내용이겠지만, 상대방이 그 방법을 받아들일 준비가 되어 있지 않다면, 따스한 배려보다는 난폭한 주먹질처럼 느껴질 수도 있다. 특히나 무거운 문제일수록 방법보다는 이해가 더 중요하다고 생각한다. 슬픔의 문은 슬픔으로밖에 열 수 없는 것이다.

현명한 방법보다는 적절한 사연이 낫다. 자신이 처했던 힘든 상황을 솔직하게 털어놓는 것이 누군가를 늪에서 빼내는 데 큰 도움이 된다. 슬픔이 가득했던 순간을 나누는 일은 거대한 용기를 만들어낸다. '나와 비슷한 사람도 있구나', '그래도 잘 사는구나', '어쩌면 나도 할 수 있겠구나', '이 정도 늪은 아무것도 아니구나' 하는 생각을 하게 한다. 손길은 닿지 않아도 밧줄은 닿는다.

물론 이런 밧줄을 만들어내는 건 어려운 일이다. 온전히 타인을 위한 마음으로 나의 아픈 과거를 다시금 현실로 불러내야 하기 때문이다. 옛 시절의 슬픔을 잘게 찢어 촘촘하게 엮어내야 한다. 누군가를 도와준다는 것은 이렇듯 큰 용기를 필요로 하는 일이다. 그런 쓸쓸함을 다시 마주해야 하지만, 이게 누군가를 살리는 위로가 된다.

어려움에 처한 사람은 자신의 어려움을 '이야기'로 엮어 토해낸다. 다만 그다음 문장의 갈피를 못 잡는 것일 뿐이다. 그 혼란스러운 이야기를 받아들이기로 마음먹었다면, 나 또한 혼란을 내놓아야 한다. 다음 이야기를 이어나가는 데 도움을 줄 수 있는 건 오로지 이야기뿐이다. 각자의 삶이 다르기에 결말이 같을 순 없을 것이다. 그렇기에 방법이 담긴 결론보다는, 이해가 담긴 경험이 더 의미 있는 손길이 된다.

인간은 경험을 통해 성장한다는 말이 때론 굉장히 애석한 말처럼 들리기도 한다. 사람이라면 한 번쯤 깊은 늪에 빠졌다 나와야 한다는 말과도 같기 때문이다. 그렇기에 더욱더 듣고 싶은 경험의 이야기가 아닐까 생각해 본다. 늪에서 허우적대는 누군가의 모습이 나와 이질감이 없을 때, 사람은 그곳에 나를 투영시킨다. 당신이 빠져나왔다면 나 또한 못할 이유가 없을 테니까. 어쩌면 더 잘해낼 수도 있을 테니까. 사람은 불행에도 등수를 매기려는 것일지도 모르겠다.

슬픈 이야기가 좋아지는 요즘이다. 누군가의 낭떠러지가 궁금했기 때문이 아니다. 그런 이야기야말로 인생을 살아가는 데 있어 큰 힘이 된다는 사실을 깨달았기 때문이다. 문득 좌절의 늪을 마주하게 되었을 때 신속하게 꺼내 건네줄 수 있는, 스스로의 힘으로 손쉽게 탈출할 수 있도록 도와주는, 슬픔으로 엮은 튼튼한 밧줄. 그런 밧줄을 하나둘 모아가고 있다.

어떤 말은 사람을 살린다.

다툴 때
가장 필요한
배려

살다 보면 누군가와 말다툼하게 되는 순간이 온다. 사람이라면 어쩔 수 없이 마주해야 하는 순간이다. 저마다 가지고 있는 생각이 다르다. 어떻게 모든 의견을 하나로 통일할 수 있겠는가. 한 가지 답을 밀어붙인다면 독재자가 될 뿐이다. 나와 연이 닿은 사람을 대하는 올바른 자세 또한 아닐 것이다.

말다툼은 막연히 나쁜 행동처럼 느껴지지만, 실보다 득이 더 많은 듯하다. 그동안 쌓아놓았던 생각을 털어내고 공유할 수 있는 소중한 기회이기 때문이다. 나에게서 나오기 어려운 새로운 생각을 접할 수도 있다. 조금 더

폭넓게 사고할 수 있는 계기가 될 수도 있다. 서로의 생각이 만나는 일. '빼기'가 아니라 '더하기'다. 사람은 말을 나누며 사는 존재다.

문제는 말다툼이라는 행동이 아니라, 말을 '주고받는 태도'로부터 생긴다. 내 의견이 상대방의 것보다 조금 더 괜찮은 답이 되었으면 하는 바람. 상대방보다 조금 더 우월한 존재로 인식되었으면 하는 바람. 그러니까 허영 가득한 태도. 말을 '주고받는' 행위를 '주는' 행위로 전락시킨다. 이건 말다툼이 아니라, 그냥 다툼일 뿐이다. 말다툼에도 올바른 '받음'의 자세가 필요하다.

말다툼에서 '받음'이란 제대로 들어주는 행위, 즉 '경청'이다. 대화에서 경청의 중요성은 수없이 강조된다. 그러나 많은 사람이 경청을 단순히 듣기만 하는 행위 그 자체로 여기는 듯하다. 하고 싶은 말이 많더라도 상대방이 말하는 순간만큼은 입을 열지 않지 않는 일. 내 차례가 돌아오기 전까지 할 말을 쌓으며 기다리는 일. 이를 경청이라 생각하는 것이다.

약간 날 선 말이지만, 그냥 듣기만 하는 건 누구나 할 수 있다. 반려동물을 앞에 앉혀두고 밤새 떠드는 일. 천진난만한 아이들에게 삶에 대해 설명하는 일. 지루함을 느끼는 학생들 앞에서 열띤 강연을 진행하는 일. 청자 입장에서는 모든 게 단순히 듣기만 하는 일이다. 청자가 아무리 열심히 들어준다 한들, 화자는 이를 '경청'이라 여기진 못할 것이다. 말다툼의 영역에선 오죽할까. 경청은 그리 단순한 일이 아니다.

경청이란 '열심히' 듣는 것보다는, '편견 없이' 듣는 것에 가깝다. 어쨌거나 말다툼은 서로의 의견이 대립하는 일이다. 여기서 '열심히' 듣는 일은 악용될 수 있다. 상대방의 말이 논리적으로 타당한지 분석하게 되는 것이다. 어떻게든 꼬투리를 잡은 후 상대의 생각이 틀렸다는 것을 입증해 내야 하니까 말이다. 반면 '편견 없이' 듣는 일은 상대방이 어떤 의견을 내놓든 내 관념을 적용하지 않고, 있는 그대로 받아들이겠다는 마음가짐을 지니는 것이다.

경청은 새하얀 백지를 건네는 일이다. 편견을 가진 채로 듣는 건 경청이 될 수 없다. 새하얀 백지 위에 내 그림을 적당히 그려놓고 건네는 일. 그 위에 당신의 그림을 그려보라고 권유하는 일. 이는 '경청'보다는 '타협'이나 '조율'에 가깝다. 내 의도가 반영된 그림은 어디까지나 '나'의 그림일 뿐이다. 우리의 그림이 아닌 것이다.

밑그림조차 없는 새하얀 백지를 건네야 한다. 비록 상대방의 그림이 마음에 들지 않더라도 말이다. 나와 상반되는 의견을 주장하더라도 '반박'보다는 '인정'이 선행되어야 한다는 말이다. 그만의 그림을 그려낼 수 있는 환경을 만드는 자세. 내가 원하는 그림이 아니더라도 그 속에서 상대방의 장점을 찾아내려는 노력. 그런 태도야말로, 말다툼을 대하는 현명한 사람의 미덕일 것이다.

말을 들어주는 건 받는 일이다. 그리고 받음에도 배려가 필요하다. 흔히 배려라는 말은 아낌없이 주는 일처럼 여겨지곤 한다. 관심을 가지고, 기꺼이 도와주고, 힘을 내도록 보살펴주는 일. 이런 배려가 주는 것에 그치지 않고 받는 것으로 확대되는 게 바로 대화의 영역이다. 배려는 '짝 배'와 '생각할 려'라는 한자를 쓴다. 상대방을 나의 짝처럼 생각하며 말을 받는 것이 배려라는 말이다. 배려가 동반되었을 때, 비로소 올바른 말다툼이 시작된다.

현명한 사람은 말을 제대로 받을 줄 안다.

침묵을
듣는 법

타 지역으로 이동할 때 운전하기보다 지하철 타기를 선호하는 편이다. 지하철 타는 순간만큼은 꼭 지키는 나만의 철칙이 있다. 절대로 스마트폰을 쳐다보지 않는 것. 많은 사람이 고개를 숙이고 있다. 그 속에 있는 세계에 나를 가둔 채 산다. 이제는 마치 당연한 일처럼 느껴진다. 내가 스마트폰을 보지 않는 이유는 당연함에서 벗어날 때 생기는 무언가를 얻기 위함이다. 그것은 시간이다. 낯선 타인을 관찰할 수 있는 시간말이다.

누군가를 유심히 관찰하면 보이지 않던 게 보인다.

손짓, 표정, 눈빛, 자세와 같은 것들 말이다. 사람들을 관찰하며 느낀 게 있다. 지하철은 조용한 공간이지만 사람들의 감정은 결코 조용하지 않다는 것이다. 주말에 정장을 입고 서류 가방을 한 손에 든 채 한숨을 푹 내쉬며 어딘가로 향하는 사람. 한쪽 눈의 마스카라가 반쯤 지워진 채 힘없이 허공을 응시하는 사람. 그들의 이야기를 들은 적은 없지만 왠지 이미 들은 것만 같다.

지난 명절에는 본가에 가기 위해 지하철을 탔다. 선물 세트를 양손에 들고 흡족한 미소를 지은 채 자리에 앉았다. 눈앞에 한 남성이 보였다. 공사 현장에서 막 나온 듯한 먼지투성이의 옷. 손은 깨끗하게 씻은 것 같았다. 변신 로봇과 토끼 인형을 손에 쥐고 있었으니까. 잠시 근무지를 벗어나 가족에게 선물을 주러 가는 길이었던 것 같다. 곧이어 그는 깊은 한숨을 내뱉었다. 그는 이미 한계에 도달해 있었다. 이 세상엔 듣지 않아도 알 수 있는 게 참 많다.

이후로 비언어적 표현에 관심이 생겼다. 그게 곧 누군가의 인생이기 때문이다. 손짓, 표정, 눈빛, 자세 등에 현재의 삶이 담겨 있는 것이다. 이런 것을 주의깊게 살펴보면 굳이 대화를 나누지 않아도 상대방이 현재 느끼는 감정을 이해할 수 있게 된다. '힘들다', '더 이상 못하겠다'라는 말을 직접적으로 듣지 않아도 공감해 줄 수 있는 일. 말하지 않아도 알아주는 사람이 되는 일. 나를 알아주는 사람은 존재 자체만으로 정말 큰 힘이 된다.

신체 언어는 아주 얇은 선물 포장지가 아닐까 싶다. 굳이 포장지를 뜯지 않아도, 공룡 장난감이나 곰돌이 인형을 감싸고 있음을 유추할 수 있으니까 말이다. 때론 구구절절 설명하는 것보다 더 많은 게 느껴지기도 한다. 어쩌면 말로 전부 다 표현할 수 없기에 그럴지도 모르겠다. 우리의 몸이 답답함이라도 느끼는 것일까. 왠지 내 감정을 대변해 주는 것 같다.

손짓은 세세한 감정을 전달한다. 뜨거운 물의 아지랑이가 움직이는 것과 비슷하다. 눈동자엔 마음의 온도가 담겨 있다. 야간 투시경을 통해 세상을 바라보는 것만 같다. 자세엔 감정의 파동이 스며 있다. 성능 좋은 스피커에서 소리가 튀어나올 때 덩달아 느껴지는 울림과도 비슷하다. 아무래도 감정이란 숨기고 싶어도 숨길 수 없는 것 같다. 차라리 다행이다. 어쩌면 누군가가 알아줄 수도 있을 테니까.

신체 언어는 솔직해서 모든 감정을 있는 그대로 표현

해 주지만, 모두가 이를 알아차릴 순 없는 듯하다. 비언어적인 표현은 금세 증발한다. 실시간으로 나타나는 것이기에 집중하지 않으면 볼 수 없다. 상대방에게 관심이 없거나 이해할 마음이 없다면 아무것도 볼 수 없다. 누군가에 대해 자세히 알고 싶다면, 표현이 증발하기 전에 나의 것으로 만들어야 한다.

말하지 않아도 알아주는 사람. 신체 언어를 알아차리는 사람. 참으로 고마운 사람이 아닐까 싶다. 그만큼이나 나에게 집중하고 있다는 뜻이니까 말이다. 자신에게 집중하기도 벅찬 세상이 아닌가. 그럼에도 불구하고 시간을 내어준다는 것. 이보다 고마운 것이 또 없다.

그러므로 좋은 관계를 유지하기 위해선 말하지 않아도 알아주는 사람이 되어야 한다. 독심술사가 되어야 한다는 뜻은 아니다. 단지 말을 주고받기 전에, 생각이 단어로 정리되기 전에, 몸에서 뿜어져 나오는 감정을 포착할 줄 알아야 한다는 뜻이다. 조용한 감정을 읽어낼 줄 알아야 한다. 그러니 집중하자. 집중하면 말하지 않아도 들을 수 있다.

좋은 관계는 서로의 침묵까지 듣는다.

Part 3

슬픔을 마주할 때
진짜 관계가 시작된다

취향에
갇히지 않도록

어려서부터 지금까지 이어온 취향이 여럿 있다. 그중 하나는 국밥으로 끼니를 해결하는 일이다. 아마도 부모님이 국밥을 좋아하시기에 나에게도 취향으로 자리 잡은 듯하다. 뜨끈한 국물에 이런저런 양념과 하얀 쌀밥을 넣고 잘 말아주면 든든한 한 끼 식사가 된다. 가끔 깍두기를 일품으로 담그는 식당을 접하게 되는데, 그럴 때면 혀에 느껴지는 황홀함에 빠져 한동안 단골이 되고 만다. 생각만으로도 군침이 돈다.

요즘도 어떤 음식을 먹어야 할지 고민에 빠질 때면 어김없이 국밥을 선택한다. 아무 생각 없이 편하게 선택할 수 있어서다. 거기에 더해 어떤 맛인지 이미 대략적으로 유추 가능하다는 것도 장점이다. 양이 푸짐한 곳도 있고 적은 곳도 있지만, 사실 대부분의 국밥은 맛이 비슷하다. 실패할 가능성이 낮은 음식인 것이다. 그래서인지 음식 취향을 바꾸는 일은 어렵기만 하다.

이런 취향은 인간관계에도 적용된다. 관계의 맺고 끊음을 어느 정도 반복하다 보면 사람을 판단하는 나만의 기준이 생긴다. 내가 어떤 유형의 사람을 좋아하는지 깨닫게 되는 것이다. 감정을 소모하지 않고 만날 수 있는 편안한 사람, 성향을 대략적으로 유추할 수 있어 속 시끄럽지 않은 사람, 비슷한 생각을 지녀서 대화가 잘 통하는 사람을 예로 들 수 있겠다. 그런데 관계에서 취향은 독이 되기도 한다. 음식 취향과 마찬가지로 선택을 확장하기 어렵기 때문이다. 취향이 나를 가두는 것이다.

사람은 관계를 맺으며 산다. 하지만 나이가 들수록 그 관계의 폭이 점점 좁아지는 듯하다. 내가 좋아하는 유형의 사람이 아니면 마음 쏟는 게 어렵기 때문일 것이다. 결국 나와 비슷한 사람만 곁에 남는다. 직업과 경제력이 비슷한 사람, 취미와 성향이 비슷한 사람, 행동과 가치관이 비슷한 사람 등. 나와 비슷한 사람이 아니면 왠지 괴리감이 든다. 전혀 다른 세계에 사는 사람이기에 나를 이해해 주지 못할 것만 같다.

온라인에서도 마찬가지다. 다양한 사람이 자유롭게 의견을 나누는 공간처럼 보이지만, 사실 이보다 내 취향을 확고하게 반영하는 세계가 또 없다. 마음에 드는 창작자의 웹사이트를 즐겨찾기에 추가하거나, 성향이 비슷한 사람을 팔로우하기도 한다. 의견이 불일치하는 사람을 보면 두 번 다시 보기 싫다며 단칼에 차단할 때도 있다. 심지어 인터넷은 취향을 학습한다. 내가 좋아할 만한 사람을 계속 추천해 준다. 관계의 확장이 멈추는 것이다.

관계만 단절되면 차라리 다행이다. 문제는 편견이 생긴다는 것이다. 누군가가 내 세계에 들어오면 어떻게든 함께하기 위해 애쓴다. 그 사람의 의견도 내 의견인 것처럼 받아들이게 된다. 뭔가에 부정적인 의견을 내놓으면 '그럴 만한 이유가 있겠지'라고 생각하게 된다. 상황을 제대로 알지도 못하면서 '내 사람'이라는 틀에 갇혀 판단하게 되는 것이다. 이 틀을 허무는 게 참 어렵다. 사람을 고르는 나의 기준이 틀렸음을 인정하는 일이기 때문이다. 취향의 고립은 생각이 갇히는 일이다.

취향에서 벗어나는 건 참 어려운 일이다. 내가 좋아하는 것이 눈앞에 떡하니 있는데 그걸 애써 무시해야 하기 때문이다. 편함보다 불편함을 선택하는 일이다. 특히나 인간관계에선 더욱더 그렇다. 마음 맞지 않는 사람과 정을 나누는 일은 안 그래도 아까운 시간을 내다 버리는 일처럼 느껴진다. 꽁꽁 싸매고 있던 이야기를 털어놔도 전혀 위로받지 못할 것 같다. 하지만 나를 위한다는 이유로 관계를 가둬선 안 된다. 취향은 담을 쌓아 올린다.

취향에 갇히지 않기를 바란다. 사람은 감옥에서 살아선 안 된다. 그렇게 살 수 없는 게 삶이다. 다양한 사람과 만나지 않고선 인생의 지독한 외로움을 견뎌낼 방법이 없다. 마음 맞는 사람과 어울리는 게 편한 건 사실이다. 하지만 때론 엉킨 의견으로 논쟁하는 것도, 그런 부조화에서 화음을 맞춰가며 사는 것도 삶의 매력이다. 차이점 속에서 공통점을 찾는 일, 혼돈 속에서 질서를 찾는 일은 보다 성숙하고 깊은 사고를 할 수 있게 도와주는 밑거름이 된다.

섞이기 위해 노력하며 산다. 사람을 만날 때면 최대한 취향을 내려놓는다. 생각과 편견으로 스스로를 가두고 싶지 않아서 그렇다. 직업과 경제력, 취미와 성향, 행동과 가치관이 달라도 열린 마음으로 대화하고자 한다. 나와 다른 사람에게도 분명 자신만의 확고한 기준이 있고, 거기서 새로운 삶의 자세를 배울 수도 있기 때문이다. 마음에 쌓아 올린 담을 하나둘 허무는 일. 취향을 수없이 담금질하고 망치질하는 일. 사람을 대하는 태도를 명검으로 만드는 일이라 믿고 있다.

현명한 사람은 취향에 갇히지 않는다.

첫인상에
관하여

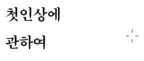

관계에서 첫인상보다 어리석은 관념이
또 없다. '저 사람은 왠지 별로일 것 같아'라는 인식이
생기면 친해지는 일이 그렇게 어려울 수 없다. 말 한마
디 섞었을 뿐인데 왠지 모르게 나쁜 의도를 품고 있는
듯 느껴진다. 나를 향한 비난의 활시위를 당기고 있는
것만 같다. 깊은 유대를 나눈 사이도 아닌데 나 혼자 상
대방을 다 알고 있는 것처럼 대하고 만다.

첫인상은 다양한 요소로 이루어져 있지만, 그중에서
도 '분위기'라는 녀석이 제일 골치 아프다. 말조차 섞지
않아도 느껴지기 때문이다. 멀리서 그저 느낌만으로 사

람을 판단하게 된다. 온화함이 풍겨나오는 사람은 왠지 말도 잘 통하고 예의도 바를 것 같다는 생각이 든다. 야수 같은 기운을 뿜어내는 사람은 왠지 고집불통에다가 매너도 없을 것 같다는 생각이 든다. 이런 헛된 사고가 상대를 대하는 나의 태도를 미리 바꾸어 놓는다.

분위기를 믿지 않으려 노력한다. 분위기 하나로 사람을 판단해선 안 된다고 생각하기 때문이다. 물론 조심스러울 때가 많다. 옛 시절 나에게 상처 주었던 사람과 비슷한 분위기가 느껴지면 마음이 먼저 고개를 젓는다. 그럴 때면 '세상에 똑같은 사람 없지'라는 생각으로 태도를 고친다. 똑같은 분위기를 지녔다 하더라도 살아온 삶이 다른데, 사람을 함부로 판단하는 일은 과거에 발목 잡히는 일이 될 뿐이다.

예전엔 사람을 함부로 판단하곤 했다. 특히나 분위기로 사람을 정의했던 것 같다. 옛 직장엔 정말 강한 분위기를 뿜어내는 사람이 한 명 있었다. 덩치도 산처럼 거대하고 눈썹도 짙다. 멀리서도 강렬한 위압감이 느껴진다. 무엇이든 가리지 않고 집어삼키는 북극곰 같은 느낌이었다. 그런 강한 분위기가 싫었다. 비슷한 분위기를 지닌 사람에게 마음의 상처를 받은 적이 있었던 탓이다.

똑같은 상처를 받을까 두려워 계속 그 사람을 피하며 도망 다니듯 지냈다.

어느날 그 사람이 퇴사한다는 말을 들었다. 개인적인 사정 때문이라고 들었는데, 이유마저 나 혼자 안 좋은 방향으로 지레짐작했다. 떠나기 전 마지막으로 인사를 나누는 회식 자리가 있었다. 이게 웬걸. 바로 앞자리에 그 사람이 앉았다. 딱히 깊은 대화를 나누고 싶진 않았지만, 회식 자리라는 게 다 그렇지 않은가. 앉아 있다보면 어느샌가 이런저런 속마음을 내뱉고 만다. 어쩔 수 없이 다양한 이야기를 나누게 됐다.

그제야 후회했다. 내가 느꼈던 분위기는 정말 나 혼자만의 편견이었다는 걸 깨달았다. 사람이 어찌나 좋던지, 가정에서는 든든한 아버지의 모습 그 자체였다. 어떻게 해야 화목한 가정을 만들 수 있는지 잘 아는 현명하고 다정한 남자였다. 떠난다는 사실에 내가 더 아쉬워질 정도였다. 이렇게 좋은 사람을 멀리하며 살았던 내가 어리석게 느껴졌다. 어쩌면 지나온 나날 중에도 이런 사람이 있지 않았을까. 헛된 고정관념 하나 때문에 놓친 인연이.

사람은 고정관념을 만들며 산다. 특히나 인간관계에

서는 더욱더 심하다. 내가 전달한 마음이 제대로 닿지 않을 때 상처가 생긴다. 누군가의 거친 마음을 전달받을 때도 상처가 생긴다. 여기서 편견이 생긴다. 내 마음을 지켜야겠다는 다짐을 하는 것이다. 이런 다짐이 첫인상으로 사람을 판단하게 만든다. 마음을 지키는 데는 최고의 방법일 수 있겠지만, 나를 지키기만 하다가는 좋은 사람도 놓칠 수 있다는 걸 알아야 한다.

마음의 문을 열어둘 줄 아는 용기가 필요하다. 나쁜 사람들로 인해 상처받은 날이 많았다 해도 이제는 속시원히 놓아줄 때다. 이제부터 좋은 사람이 한가득 들어올 것이라 믿는 것이다. 삶의 일부가 별로였다고 해서 앞으로 남은 모든 삶이 형편없을 것이라 단정 짓지 않았으면 좋겠다. 나쁜 기억을 심어준 사람이 있다면, 좋은 기억을 심어줄 사람도 분명 존재한다. 그런 기회를 걷어차선 안 된다. 대단한 용기가 필요한 일임을 잘 안다. 하지만 이런 용기가 없다면 관계의 형태 또한 변하지 않을 것이다.

어떤 믿음을 주어야 할지 모르겠다면 자신의 모습을 살펴보는 게 도움이 된다. 사람에겐 쉽게 고치지 못하는 무언가가 하나쯤 있다. 나에게는 대화 도중 턱을 괴는

버릇이 그렇다. 지루하거나 따분한 게 아닌데도 턱을 괴면 그렇게 보인다. 고쳐야지 하면서도 어느샌가 정신 차리고 보면 턱에 손이 가 있다. 이런 무의식적인 행동을 알아차리고 적용해야 한다. 상대에게도 쉽게 고칠 수 없는 무언가가 있음을 알아주는 일. 그런 행동을 나쁜 첫인상으로 받아들이고 있는 건 아닌지 확인하는 일. 용기 담긴 섬세한 관찰은 좋은 사람을 얻는 기회가 된다.

사람을 보내는 것도 나지만,

사람을 반기는 것도 나다.

삼키면
증발하는
단어

인간관계에서 가장 무서운 건 아무래도 '순간의 감정'이 아닐까 싶다. 감정은 때로 매서운 폭풍과도 같다. 오븐으로 조리하는 요리처럼 여유 있게 부풀어 오르지 않는다. 벼락 떨어지듯 꽹음을 내며 순식간에 나타난다. 사람과 사람 사이에 나타나는 폭풍은 말 그대로 재앙이라 마음을 갈라놓고 사라져 버린다. 결말 또한 극단적이다. 한 사람이 전부 휩쓸고 가거나, 혹은 휩쓸려 가거나 둘 중 하나다. 그래서 더 무섭다.

폭풍이 내려앉은 관계는 대개 비슷한 모습을 보이는 듯하다. 한 쪽은 공격하는 창처럼 보인다. 끊임없이 질문을 던지며 소통을 시도한다. 서운하다며, 무슨 말이라도 해보라며 대답을 강요한다. 날카로움 때문에 곳곳에 상처를 낸다. 그 순간에는 인지하기 어렵지만, 결국 자신에게도 상처가 생긴다. 감정의 창은 뜨겁다. 뜨겁다 못해 불탄다. 그래서 문제가 된다.

반대쪽은 견고한 방패처럼 보인다. 모든 질문을 완벽히 흡수하여 그대로 굳어버린다. 눈을 제대로 응시하지 못할 뿐만 아니라, 속상한 마음에 다급히 자리를 뜨기도 한다. 어떤 말을 건네야 할지 몰라 혼란스러웠던 탓일까, 입술이 달라붙어 버린다. 그 순간에는 인지하기 어렵지만 결국 상대방의 생각마저 굳게 만든다. 감정의 방패는 차갑다. 차갑다 못해 얼어붙는다. 이 또한 문제가된다. 폭풍이 지나간 후에 남는 건, 창도 방패도 아닌 폐허일 뿐이다. 관계 앞에서는 승리가 무의미하다.

몇 번의 폭풍을 마주했다. 그 후로 깨달은 게 하나 있다. 결국 감정은 사라지고 사건만 남는다는 것이다. 이리저리 헤집어 보아도 폭풍은 더 이상 찾아볼 수 없었다. 폭풍이 휩쓸고 지나간 길과 무너진 생각들만 남았다. 거대한 신뢰로 쌓아올린 견고한 마음의 성이, 형태도 알 수 없이 폐허가 되어 있었다. 조금만 배려했더라면, 폭풍을 받아들이지 않았더라면 결과가 달랐을 텐데. 후회해 보았지만, 이미 너무 늦은 상태였다.

사람 마음에 복구라는 개념은 없는 듯하다. 인간관계는 쌓아올릴 땐 건축물 같지만, 무너질 땐 조금 다르다. 한번 무너지면 거기서 끝이다. 마음이란 너무나도 한정적인 재료이기 때문일 것이다. 무너진 생각을 정리하고 다시 쌓아올리는 일에는 전보다 훨씬 더 많은 마음이 필요하다. 부담감에 시작조차 쉽지 않다.

게다가 관계를 다시 쌓아올리려는 노력을 시작하더라도, 전보다 적은 양의 마음을 들이게 되는 듯하다. 한번 무너져본 기억이 있기에 무의식적으로 두려움이 생기는 탓일 것이다. 다음 폭풍이 다가온다면 또다시 무너질 것이라는 암묵적인 확신이 생긴다. 관계는 마음에 비례하는데, 마음이 줄어드니 제대로 된 관계를 이어나갈 수가 없다. 찢어진 관계는 찢어진 채로 있다. 세상엔 돌이킬 수 없는 것이 왜 이리도 많을까.

폭풍을 받아들이지 않기 위해 노력하며 산다. 순간의 감정이 얼마나 무서운지 깨달았기 때문이다. 서로에게 독이 되는 감정이라면 굳이 당장 표현해야 할 필요는 없다. 물론 끈끈한 관계가 되기 위한 필수 요소가 감정 표현이라는 것을 잘 알고 있다. 하지만 서로의 부정적인 감정까지 전부 담아낼 수 있는, 그런 무한한 그릇을 가진 사람은 아마도 없을 것이다. 아끼는 사람을 그렇게 함부로 대해서도 안 된다.

말을 삼키는 연습이 필요한 듯하다. 여기서의 말이란 '부정적인 감정'이 아니라 '부정적인 표현'에 가깝고, 삼킴이란 '침묵'보다는 '순화'에 가깝다. 부정적인 의미를 지닌 표현이지만, 날카로운 구석을 여러 번 다듬다 보면 꽤나 쓸 만한 문장이 된다. 누구 하나 상처받지 않아도 되는 부드러운 말이 되는 것이다.

창과 방패는 인간관계에서 전혀 쓸모가 없다. 폭풍에 대항할 수 있는 유일한 무기는 '부드러움'일 것이다. 감정을 앞세워 상대를 무너트리려 하지 않아도 되고, 무너지지 않기 위해 발악할 필요도 없다. 원하던 의미를 지닌 감정을 표현할 수 있으니 꽉 막힌 가슴을 두드리는 일도 없다. 조금만 배려하면, 조금만 존중하면, 조금만 시간을 들이면 된다. 폭풍이 사라진다. 그 어느 것도 무너트리지 못하고 점차 힘을 잃는다.

모든 것이 표현에 달렸다.

눈이 아니라
손에서
보이는 것

사람은 공존해야 하는 존재로 태어났다. 그 때문에 자연스럽게 서로 부대끼며 경험이 쌓이는 듯하다. 어느 순간부터는 사람을 '한 번 보고 말 사람'과 '계속 보게 될 사람'으로 분류하게 되었다. 전자는 편하게 대할 수 있지만, 후자는 왠지 말 한마디 꺼내는 것조차 신중해진다. 관계를 오래 유지하고 싶은 까닭이다.

계속 보고 싶은 사람 앞에선 왠지 말을 주저하게 된다. 기분이 좋을 때면 내 기분 위에 산만 한 덩치의 코끼리를 얹어 감정을 살짝 억누른다. 기분 좋게 열 오른 내 감정에 약간의 뜨거움이라도 느낄까 조심하게 된다.

무심코 내뱉은 말에 억지로 기분 맞추려는 행동을 보고 싶지 않아서인 이유도 있다.

기분이 나쁠 때는 벙어리가 된다. 혹여 약간 날 선 문장으로 마음에 흠집이라도 낼까 두려운 탓이다. 의미는 같더라도 조금 더 따스한 문장을 만들기 위해 단어를 고르고 또 고른다. 시간이 꽤나 오래 걸리는 탓에 답답하게 느껴질 수도 있을 테다. 이건 나를 위해서가 아니라, 관계를 위해서니까 이해할 수 있으리라 믿었다. 하지만 대부분의 사람은 이해하지 못하더라.

반대의 입장이 되어보니, 얼마나 답답한 일인지 알게 됐다. 하루는 친구와 말다툼을 하게 됐다. 같이 배낭여행을 간 날이었다. 철저한 계획이 있어야 마음 놓고 여행을 다닐 수 있는 성격인지라 커다란 종이에 계획을 세웠다. 반면 친구는 아무런 계획이 없었다. 조금은 괘씸했다. 계획 없는 여행이라니. 나만 믿고 따라다닌다는 건 좀 무책임한 거 아닌가 싶었다.

삶의 모든 계획이 그러하듯 여행은 계획대로 순탄하게 흘러가지 않았다. 몇 번의 계획이 틀어지고 난 후에는 열이 확 올랐다. 친구를 붙잡고 왜 아무런 대책이 없느냐고, 무슨 목적으로 여행을 하냐고 물었다. 친구는 내 눈을 몇 번 보더니 말수가 급격히 적어졌다. 무슨 말이라도 했으면 좋겠는데, 답답했다.

마음을 조금 가다듬은 후에야 반대 입장에서 생각할 수 있었다. 기분 나쁠 때 벙어리가 되는 건 나도 마찬가지였다. 특히나 소중한 관계를 위해서라면 더욱더 신중히 입을 열었다. 그러니까 친구는 나를 위해 생각을 다듬고 있었던 거다.

아무런 생각이 없는 줄 알았는데, 찬찬히 보니 알 수 있었다. 친구의 손에 감정이 담겨 있다는 것을. 물건을 톡톡 두드리며 생각에 잠겨 있는 손가락과, 어깨를 가볍게 문지르며 반성하고 있는 손바닥이 있었다. 입은 생각을 거쳐 말을 뱉지만, 손은 그렇지 못하다.

손은 계속해서 무언가를 한다. 기분이 좋을 때도, 나쁠 때도. 말을 삼킬 때도 손을 감정을 드러낸다. 양 손바닥을 마주치며 기뻐하기도, 팔짱을 끼며 거부감을 드러내기도, 머리를 긁으며 의아해 하기도, 검지를 툭툭 두드리거나 펜을 돌리며 생각하기도 한다. 손보다 솔직한 게 또 없다.

예전에는 '눈은 마음의 창이다'라는 말을 참 좋아했다. 감정을 표현하지 않는 사람은 눈동자의 미세한 떨림으로 표현을 대체하기 때문이다. 그래서인지 오히려 눈을 쳐다보는 것이 조금 부담스러워졌다. 마치 "왜 나의 마음을 읽으려 하는 건가요?"라는 말을 듣는 것만 같아서다.

그 후로는 손을 조금 더 유심히 보고 있다. 시선의 방향은 다르지만, 어쨌든 당신을 이해하고 싶어서. 부담스럽지 않은 선에서 날것의 감정을 이해하고 싶어서 손을 살핀다. 특히나 관계를 이어나가기 위해 말수를 줄이는 소중한 사람 앞에선, 손을 살피는 것이 상대를 이해하는 가장 좋은 방법이 될 수 있었다.

모든 감정을 입을 통해 귀로 전달할 수 있으면 참 좋을 텐데. 사람 마음이 참 신기하다. 생각을 거듭하다 보면 하고 싶은 말이 많아지는데, 그만큼 말의 무게가 늘어나서 입 밖으로 내보내기가 어렵다. 그래도 당신을 배려하고 있다는 걸, 당신을 위해 생각하고 있다는 걸, 우리의 관계가 그만큼 소중하다는 걸 우리의 손은 잘 알고 있는 듯하다. 때론 솔직한 손이 참 고맙다.

나 또한 말수가 적은 사람이지만, 나보다 입을 잘 열지 않는 사람이 내 소중한 관계에 속해 있을 때가 있다. 이럴 땐 "무슨 말이라도 좀 해 봐"라는 표현보다는, 손을 바라보며 상대의 감정을 이해해 보는 건 어떨까. 나를 배려하는 행동과 그 배려를 이해할 줄 아는 행동이 합쳐졌을 때, 관계는 조금 더 끈끈해진다고 믿는다.

답답하지만 이해해야 하는 것들이
튼튼한 밧줄이 되어 마음과 마음을 엮어준다.

방울토마토의
거리

관계에 물음표가 생길 때면, 모종삽으로 흙을 퍼내던 시절이 떠오르곤 한다. 친구와 함께 학교 텃밭에 방울토마토 모종을 심던 날이었다. 작물을 재배하는 방법 같은 건 전혀 모르던 어린 시절이었다. 나와 친구는 방울토마토가 주렁주렁 열리길 바라며 서로의 모종을 한자리에 모아 심었다. 거리가 가까울수록 더 큰 나무로 자랄 것이라 믿었던 까닭이다. 방울토마토 모종이 은행나무처럼 거대해질 과정을 떠올리며 나와 친구는 기대감에 부풀었다.

상상의 나래를 펼치는 것도 잠시였다. 우리를 지켜보

던 담임 선생님이 모종이 너무 가까우니 떨어트려야 한다고 말씀하셨기 때문이다. 모종 간의 거리는 한 걸음쯤 되어야 한다는 것이다. 나는 그 말의 뜻을 이해할 수 없었다. 겨우 한 줌 크기인 모종에게 한 걸음은 너무 먼 거리 아닌가. 적어도 서로 배꼽 잡고 웃을 수 있는 거리 정도는 되어야 하는 게 아닌가. 분명 나와 친구를 떨어트려 놓으려는 속셈일 것이라 생각했다. 입을 삐죽 내밀고 선생님을 쳐다봤다.

선생님은 딱따구리처럼 변한 내 입을 보더니 웃으며 말을 이어나가셨다. "지금은 모종이기 때문에 크기가 작지만, 나중엔 몸집이 몇 배로 커진단다. 지금은 서로에게 적당한 거리일지 몰라도, 나중엔 너무 가까워져서 서로를 상처 입히게 돼. 이건 서로를 위한 거리야. 서로의 마음이 편한 거리." 선생님은 눈앞에 놓인 모종을 한 걸음 정도의 거리로 떨어트려 놓으셨다. 그때까지도 거리를 두는 게 서로를 위한 일이라는 것을 이해할 수 없었다. 가까운 게 상처가 된다는 것을 받아들일 수 없었던 것이다.

나는 성인이 되고 나서야 '서로를 위한 기리'가 정말 존재한다는 것을 깨달았다. 나와 당신의 거리가 너무 가까워진 탓에 오히려 마음이 불편해지는 것. 가까워지고자 했던 노력이 화살로 변해 되돌아오고야 마는 것. 사람은 그런 존재였다. 너무 멀어도 힘들고 너무 가까워도 힘든 존재. 가까워지고 싶어서 빈틈없이 다가가는데, 어느 순간 서로의 영역을 침범하고 만다. 곧이어 상처와 고통이 생긴다. 먼저 다가간 사람이 조금 더 깊은 상처를 입고, 많이 다가간 사람이 조금 더 오래 아프다. 딱 그만큼이다. 침범한 만큼 아프다.

여러 번 상처를 입고 나서야 관계에서도 방울토마토처럼 거리가 필요하다는 것을 알게 됐다. 아무리 가까운 사람이라 해도 다가갈 거리가 있고 다가가지 말아야 할 거리가 있다는 것이다. 대개 그 거리는 딱 한 걸음이다. 물리적인 한 걸음이 아니라 정신적인 한 걸음. 누군가 자신의 생각을 확고히 정립할 때 그 위에 내 사견을 덧붙이지 않는 것. 조금 더 알고 싶지만 너무 세세한 부분까지 묻고 따지지 않는 것. 가만 보면 인생의 모든 것이 그렇다. 나만의 공간이 남아 있어야 숨통이 트인다.

물론 관계의 적정 거리가 딱 한 걸음이라 정의 내릴 순 없을 것이다. 사람은 방울토마토가 아니기 때문이다. 게다가 이 '적당함'이라는 것은 애초에 사람마다 달라서, 서로의 마음을 적당한 거리에 정확히 놓을 수도 없다. 상대방이 한 걸음 물러섰을 때 나는 그것을 열 걸음처럼 느낄 수 있다. 반대로 보아도 마찬가지다. 내가 한 걸음 물러섰는데 상대방은 여전히 너무 가깝다 생각할 수 있다. 나에게 매운 음식이 누군가에겐 싱거울 수 있듯, 관계의 거리 또한 기준이 제각각인 것이다.

그런데 사람이 참 미련해서, 가까운 관계일수록 서로의 기준이 다름을 쉽게 인정하지 못한다. 마음 맞는 사람을 만나, 동일한 감정을 가지고, 서로를 좋아하게 된다. 비슷한 일상을 보내며, 같은 시간에 통화를 하고, 서로의 거리를 좁혀나간다. 그런데 이토록 가까워진 사람과 결코 맞출 수 없는 부분이 있다는 건 다소 아쉬운 데가 있다. 그래서 한 손에 느낌표를 들고 억지로 밀어붙이는 것이다. 맞출 수 없는 부분까지 맞추고 싶다는 욕심 때문에. 서로의 영역을 침범하게 되는 것도 바로 이때부터다.

그러므로 관계에서 꼭 필요한 태도는 서로의 세계가 완벽히 융화될 수 없음을 인정하는 일일 것이다. 가장 가까운 사람에게도 결코 가까워질 수 없는 부분이 있음을 받아들여야 한다. 둘 다 야구 경기 보는 것을 즐긴다

해도 반드시 같은 팀을 응원해야 할 필요는 없다. 둘 다 영화 감상을 즐긴다 해도 꼭 같은 장르를 좋아해야 할 필요는 없다. 즐길 수 있는 상황이 같다면 그것을 공유하면 된다. 본인과 다르다며 서운함을 느끼거나 이상한 눈빛으로 쳐다볼 필요가 없는 것이다.

나는 누군가를 만나고 돌아올 때면 그 만남에 물음표를 심곤 한다. 같은 대화를 나눴지만 서로 다른 의견을 내세우진 않았는지, 같은 장소에 있었지만 서로 다른 풍경을 바라보진 않았는지 곱씹어 본다. 그럼 어린 시절 배웠던 방울토마토의 거리를 이해하게 된다. 중요한 건 서로를 위한 마음을 유지한 채 한 텃밭 안에 머무는 일이라는 것을. 그런 애틋한 마음이 나와 당신을 가장 비옥한 위치에 머물게 한다는 것을. 그게 바로 방울토마토의 거리다. 한 걸음 떨어져 있지만 세상에서 가장 가까운 거리.

모든 관계에는 적당한 거리가 필요하다.

갈수록
정떨어지는
관계

대개 사람들은 함께 있는 시간이 많을수록 더 끈끈한 관계가 된다고 믿는다. 그래서인지 마음 맞는 사람과 어떻게든 많은 시간을 나누기 위해 노력한다. 잠깐의 여유가 생길 때마다 연락을 하고, 매일같이 만나 식사를 하고, 카페에 앉아 하루 종일 수다를 떨기도 한다. 나누는 시간이 많을수록 관계 또한 돈독해지면 참 좋을 텐데, 관계라는 게 그리 쉽게 흘러가지 않는다. 어떤 관계는 시간을 흡수하지 못하는 듯 보인다.

시간의 의미가 사라지는 순간이 있다. 아직까지 서로에 대해 잘 모르겠다는 느낌을 받을 때가 그렇다. 오랜 시간을 함께했는데도 불구하고 생소한 점이 많이 보인다. 때론 평소와 다를 바 없는 내 행동에 '새롭다'며 나에게 그런 면이 있는 줄 몰랐다고 말하기도 한다. 그동안 함께한 시간이 의미 없게 느껴져 왠지 허탈하다.

저마다 기준이 다르기에 이런 일이 벌어진 이유 또한 모두 같을 순 없을 것이다. 하지만 가장 큰 원인으로 느껴지는 게 하나 있다. 평소에 너무 단편적인 모습만 보여주었다는 점이다. 거쳐간 시간에 비해 서로의 다양한 면을 파악하지 못한 것이다. 시간이 의미 없게 느껴질 수밖에 없다. 한 사람의 모든 면을 파악하기 위해서는 시간보다 행동이 중요하다. 서로의 다양한 면을 주고받는 행동이 필요한 것이다. 평소의 모습에서 벗어나려는 용기와 그런 모습을 알아주려는 배려가 관계를 지킨다. 관계는 용기를 필요로 하는 일이다.

주변엔 용기 있는 사람이 꽤 있다. 나와 정반대인 사람이 있다. 적극적인 사람이다. 평소에 말을 많이 한다. 감정 표현도 굉장히 잘한다. 이런 사람이 나와 대화할 때면 큰 용기를 낸다. 들썩들썩하던 몸을 얌전히 눌러놓고 내 말에 귀 기울여 준다. 자신의 감정보다는 내 감정을 존중하기 위해 노력한다. 덕분에 나에 대해 조금 더 말할 기회가 생긴다. 그동안 꺼내지 못했던 말들, 표현하지 못했던 감정들. 평소와 다른, 듣는 모습을 보여주려는 용기는 말하는 사람의 행동에 변화를 준다.

나와 비슷한 사람도 있다. 소극적인 사람이다. 정말 필요한 말이 아니면 결코 입을 여는 법이 없다. 사람은 또 어찌나 비밀스러운지. 감정을 숨기는 데 재주가 있다. 이런 사람이 큰 용기를 낸다. 고양이처럼 얌전한 사람이 입을 열기 시작한다. 그동안 숨겨온 감정을 하나둘 꺼내기 시작한다. 덕분에 그 사람을 조금 더 알 수 있는 기회가 생긴다. 지금까지 알지 못했던 사실들, 그 속에 숨겨진 눈물과 미소들. 평소와 다른, 이야기하는 모습을 보여주려는 용기는 듣는 사람의 행동에 변화를 준다.

용기 섞인 시간을 교류한 관계는 일반적인 관계와 다르다. 큰 시간을 들이지도 않았는데 정말 가까운 사이가 되어 있는 경우가 많다. 생소한 모습을 보고 당황하는 일도 적다. 대화가 통하지 않는다고 실망하는 날도 적다. 평소와 다른 모습을 꾸준히 보여준 덕이다. 말하는 사람이 듣기 위해 노력하고, 듣는 사람이 말하기 위해 노력하는 자세. 이런 행동이 시간을 이기는 것이다. 노력만으로도 이미 고마운데 관계마저 보통 이상으로 끈끈해진다.

　대화할 때면 색다른 모습을 보여주기 위해 노력하는 편이다. 늘 미래지향적으로 생각하는 나지만 현실적인 자세로 대화에 임하기도 한다. 감정을 더 중요하게 생각하는 나지만 이성적으로 상대방을 헤아려주기도 한다. 나에게도 다양한 면이 있음을 알아주길 바라는 마음에서다. 더욱더 끈끈한 관계가 되고 싶음을 알려주려는 시도다. 모든 사람이 노력을 알아줄 순 없겠지만, 마음 닿는 사람을 만나는 날엔 왠지 보석을 발견한 듯 기분이 좋다.

　상대의 노력을 알아주기 위해서도 최선을 다한다. 맞장구에 소질 없는 사람이 소심하게라도 박수 쳐줄 때. 침묵이 일상인 사람이 나를 위해 기꺼이 입을 열어줄 때. 다소 고집스러운 사람이 자신의 의견을 내려놓으려 할 때. 이럴 때 상대방의 진심을 느낀다. '이 사람이 나를 위해 노력하고 있구나', '이 관계에 최선을 다하고 있구나' 하는 생각이 든다. 그 용기에 보답하기 위해 나 또한 용기를 낸다. 진심과 노력이 오가는 순간이다. 각자의 위치에서 최선을 다하는 관계이니, 가까워질 수밖에 없다.

오래도록 함께하고 싶은 사람이 있다면 새로운 용기를 낼 필요가 있다. 상투적인 대화에서 벗어나려는 용기 말이다. 나를 더 알리고 상대를 더 알려는 노력이 담긴 일. 다양성을 드러낼 수 있는 기회를 만들고 존중하는 일. 시간에 연연하지 않고 서로에 대해 잘 아는 사람이 되는 일. 이런 적극적인 행동이 서로의 마음을 견고히 엮는다. 관계를 유지하기 위해선 용기가 필요하다.

시간만 쌓인 관계는 시간에 잠식되고 만다.

적당히
사랑하는 법

이별을 경험한 사람은 사랑을 두려워한다. 사랑으로 인해 상처받은 경험이 쌓인 탓이다. 굳게 믿었던 사람의 실망스러운 행동으로 인해 사랑이 여러 번 무너진 탓이다. 결국 마음을 적당히 주어야겠다는 생각을 한다. 사랑을 소홀히 하겠다는 뜻은 아니다. 상처받지 않는 사랑을 하겠다는 뜻에 가깝다. 마음을 지키기 위한 최전선의 방어막. 사랑의 영토에 세운 나만의 표지판. 상처받은 사람에게는 자연스레 이런 기준들이 생겨 버린다.

나만의 기준이란 곧 '적당함'이다. 적당함에 대해 이

야기하려니 막막하다. 종이를 빼곡하게 채울 만큼 생각나는 게 많다가도 모든 생각이 의미 없게 느껴지기도 한다. 적당함의 기준이 사람마다 다르기 때문이다. 내게 적당하게 매운맛은 고추장 한 숟가락 정도다. 누군가는 청양고추를 여러 개 집어 들곤 "역시 칼칼한 게 최고다"라며 내 적당함을 비웃을지도 모르겠다. 적당한 매운맛은 얼얼하지만 싱거운, 이상한 맛이다. 맵다는 사실은 변함없지만.

사랑의 영역에서도 마찬가지다. 적당한 사랑을 정의 내리기란 어렵다. 누군가는 헌신적인 사랑을 적당하다 하겠지만, 이에 부담을 느끼는 사람도 있을 것이다. 누군가는 우정 같은 사랑을 해야 오래갈 수 있다 하겠지만, 불같은 사랑을 하고 싶다며 강하게 부정하는 사람도 있다. 저마다 가지고 있는 사랑의 기준이 제각각인 까닭이다. 하지만 틀림없는 한 가지 사실은 이 모두가 어쨌든 사랑이라는 점이다.

이런 사랑이 어긋나는 순간이 있다. 서로의 적당함을 받아들이지 못할 때가 그렇다. 내 적당함을 강요하던 시절이 있다. 사랑은 마냥 뜨거워야 한다고 생각했던 시절이다. 그게 적당하다고 믿었다. 간이고 쓸개고 다 내주어야 직성이 풀렸다. 웃는 모습 한 번 볼 수 있다면 내가 어떻게 되든 괜찮았다. 상대방에게도 비슷한 사랑을 요구했다. 주는 만큼 받는 게 사랑이라 믿었던 탓이다. 그땐 몰랐다. 너무 뜨거운 감정은 상대방을 불타게 한다는 것을. 부담스럽다는 말을 들었다. 받은 만큼 돌려줄 자신이 없다고 했다. 그 관계는 거기까지였다. 감정을 절제하지 못한 내가 미웠다.

이후론 차가운 사랑을 했다. 준 만큼 돌려받지 못할 바에는 차라리 거리감 있는 관계가 좋다고 생각했다. 그게 적당하다고 믿었다. 뜨거운 감정으로 인해 관계가 끊어지는 걸 막을 수 있을 테니까 말이다. 상대방에게도 비슷한 사랑을 요구했다. 아쉽지만 결과는 이전과 같았다. 서운하다는 말을 들었다. 남보다 못한 사이라고, 이건 사랑이 아니라고 했다. 차가운 감정이 마음을 얼어붙게 한 것이다. 그 관계 또한 거기까지였다.

적당함의 형태는 계속 변했다. 비슷한 적당함을 찾아다녔지만 나와 똑같은 기준을 지닌 사람은 결코 없었다. 각자의 사연이 다르기에 똑같은 기준이란 존재할 수 없는 것이었다. 그러던 와중에 한 사람을 만났다. 적당함은 강요하는 게 아니라 존중하는 것이라는 말을 들었다.

지난날에 대한 후회가 밀려왔다. 내 적당함이 옳다며 고집부리던 날들. 나는 '사랑'이 아니라 '기준'에 눈이 멀어 있었다. 그건 사랑이 아니었다.

서로의 적당함을 포용하는 일. 그게 사랑이라 믿고 있다. 나와 기준이 다르다 하여 실망하지 않는 일. 나의 적당함이 옳다며 강요하지 않는 일. 기준이 같은 사람을 찾아야 한다는 명목으로 도망치지 않는 일 말이다. 열기 앞에서 덩달아 뜨거워지지 않고, 냉기 앞에서 덩달아 차가워지지 않는 자세. 내가 온전히 나로 존재할 수 있고, 상대가 온전히 상대로 존재할 수 있도록 너그럽게 받아들이는 자세. 사랑 앞에서는 그런 자세가 필요하다.

미지근한 마음을 좋아한다. 미지근하다고 표현하니 꽤나 소극적인 사람이 된 것 같다. 여기서의 미지근함은 무엇이든 받아들이는 태도다. 뜨거운 기준을 가진 사람이 불타지 않도록 그림자가 되어주는 일. 차가운 기준을 가진 사람이 얼어붙지 않도록 목도리가 되어주는 일. 상대방의 기준을 급격히 틀어버리기보다, 스스로 무너지지 않도록 배려하고 보살펴주는 마음 말이다. 사랑을 유지하기 위해서는 서로의 기준을 존중하고 아낄 줄 알아야 한다.

같은 이유로 상처받길 원하는 사람은 없다. 사람 마음이라는 게 다 그렇지 않은가. 사람은 스스로를 지키며 산다. 방어막이 생길 수밖에 없는 것이다. 하지만, 그런 방어기제가 누군가의 기준을 바꾸어 놓는 공격 수단이 되어선 안 된다. 사랑 앞에서는 더욱더 그렇다. 각자의 영토에 세운 표지판을 받아들이는 용기. 이것이야말로 사랑을 이어나가는 데 필요한 유일한 용기라 믿고 있다.

용기 있는 사람은 적당히 사랑할 줄 안다.

슬픔을 마주할 때
진짜 관계가
시작된다

누구나 비밀이 있다. 털어놓기 어려운 고민, 들키고 싶지 않은 결함, 비밀 가득한 괴로운 이야기, 내면 깊은 곳에 철저히 숨겨둔 말들. 누구나 가지고 있지만 누구도 알 수 없는 것. 사람들은 이런 괴로움을 의식적으로 짓눌러 세상 밖으로 빠져나오지 못하게 막는다. 하지만 종종 무의식적인 행동이 틈을 비집고 튀어나온다. 나는 이 빈틈을 '뒷모습'이라 부른다.

누군가를 오래 알고 지내다 보면 뒷모습이 하나둘 보이기 시작한다. 예컨대 꺼려하는 음식이 있다든가, 멀리하는 물건이 있다든가, 피하는 장소가 있다든가, 저마다의 사연이 담긴 일들. '어째서'라는 물음을 던져보아도, 제대로 된 답변이 돌아오지 않는다. 질문을 회피하기 위한 행동만 보일 뿐이다. 틀린 행동이 아님에도 때론 부정적으로 느껴지곤 한다. 왠지 나에게 무언가를 숨기는 것만 같아서 그렇다.

하지만 이런 뒷모습이 관계를 더욱더 가깝게 만들어 주는 듯하다. 뒷모습이 보인다는 건, 그만큼 오랜 기간 알고 지낸 관계라는 증거와도 같으니 말이다. 이런 증거를 나쁘게 받아들이지 않는 사람. 오히려 더 가까워질 수 있는 어떤 신호쯤으로 여겨주는 사람. 그런 사람이 좋아지는 요즘이다. 나의 어둠을 짊어질 수 있는 사람이 있다는 것. 정말 큰 축복이 아닐까 싶다. 어떤 비밀은 축복이 된다.

예전 독서모임에 분위기 메이커가 한 명 들어왔다. 그녀가 들어온 후에 모임 분위기가 밝게 변했다. 기분 좋은 일이 잔뜩 있는지, 그녀는 늘 태양처럼 눈부신 미소를 잃은 적이 없었다. 사람을 웃게 만드는 재주도 있다. 말을 잘하는 것뿐만 아니라 잘 들어주기까지 한다. 엄청난 맞장구와 함께 고개를 끄덕이거나 손뼉을 쳐주는 모습에 처음 보는 사람도 이야기를 꺼내고 싶어 입이 근질근질해질 것이라 장담한다.

때론 부럽기도 했다. 참 만족스러운 삶을 살고 있는 것 같아서 말이다. 평소에 얼마나 많은 행복을 느끼며 사는 것일까 궁금하기도 했다. 분명 여유가 넘치고 마음이 풍요로운 삶을 살고 있으리라 생각했다. 어느 봄날, 그 생각이 단번에 깨졌다. 그녀의 뒷모습을 발견해 버린 탓이었다.

그녀의 뒷모습, 그 안에는 눈부신 미소가 단번에 잊힐 정도로 광활하게 펼쳐진 사막이 있었다. 한 걸음만 내디뎌도 온몸이 불타버릴 듯 달궈진 모래바닥. 그 어떤 생명도 허용하지 않겠다는 태양의 강렬한 몸부림. 약간의 희망조차 잃게 만드는 거센 모래폭풍. 지금까지 보았던 활기찬 모습과 너무나도 상반되는 모습이었다. 거대한 괴로움이 작디작은 빈틈 속에 숨겨져 있었다. 모든 슬픔을 뒷모습에 숨겨 두었으니 앞모습이 행복해 보였을 수밖에.

어떤 행동이 반복되고 있음을 인지했을 때였다. 독서모임에 가지고 오는 책은 언제나 가족에 관한 책이었다. 참여자들끼리 수다를 떨 때, 가족 이야기가 나오면 유독 말수가 적어지곤 했다. 가족과 통화하는 사람이 있을 때 그 방향으로 귀를 틀거나 무표정으로 허공을 응시하기도 했다. 멈추지 않던 미소가 멈추던 순간들. 교통사고로 가족을 모두 잃은 그녀가 미처 웃을 수 없는 순간이었을 것이다.

하루는 모두가 이 사실을 알게 됐다. 그때부터 거리를 두는 사람이 생겼다. 부정적인 기운이 옮겨붙을까 두려워하는 것처럼. 난 받아들이기로 했다. 그녀의 어둠을 짊어지기로 했다. 내가 가진 슬픔도 내놓았다. 누구에게도 털어놓지 않았던 비밀들을 공유했다. 그런 아픔을 내려놓을 수 있는 소중한 기회라 여겼다. 그러면서 한 가지 깨달은 게 있다. 진짜 관계는 슬픔을 마주할 때 시작한다는 것이다.

아무래도 슬픔은 거둬들일 때 빛이 되는 듯하다. 대개 사람들은 누군가의 뒷모습을 보게 되었을 때 마음을 닫는 듯 보인다. 어쩌다 발견한 슬픔임에도 괜스레 불편한 마음이 드는 탓일 것이다. 어쩌면 두려움이 앞서는 것일지도 모르겠다. 거대한 슬픔을 가진 사람을 곁에 둔다는 이유 하나로, 왠지 나에게 불씨가 옮겨붙을 것만 같기 때문이다. 상대방이 한걸음 다가올 때마다 두 걸음씩 물러서게 된다. 나의 뒷걸음질은 상대방에게 더 큰 상처가 되는데, 그걸 모른다. 이런 관계는 서로 해만 끼칠 뿐이다.

마음을 열 때 관계는 더욱더 돈독해진다. 상대방의 뒷모습을 받아들이는 일은 그 순간에는 '받는 일'에 불과하지만, 곧이어 '주는 일'이 되기도 한다. 누구나 슬픔 가득한 비밀이 있다. 그런 비밀을 털어놓을 수 있는 존재. 나의 슬픔을 받아들일 준비가 된 존재. 뒷모습을 보인 사람이야말로 그런 존재가 아닐까 싶다. 서로의 짐을 투명하게 내려놓고 응원해 줄 수 있다는 것은 생각만으로도 기분 좋은 일이다.

당신이 축복이 되었으면 한다. 서로를 위한 따스한 공간이 되기를 바란다. 뒷모습에 숨겨진 고민, 단점, 괴로움을 이해해 주는 사람이 되었으면 좋겠다. 그렇게 속마음을 털어놓을 수 있는 관계를 만들어나갔으면 한다. 나의 등을 기꺼이 내어주고, 상대의 등에 잠시 기댈 수 있는 사람이 되는 일. 어둠 서린 밤바다에 희망으로 빛나는 등대가 되는 일이다.

> 빈틈없는 사람은 없다. 사람 사는 일이란,
>
> 그 빈틈을 서로 채워나가는 일이다.

도망친 곳에
낙원은 없다

관계를 지속하는 데 있어 가장 큰 난관은 '서운함'이다. 특히나 오랜 기간 우정을 쌓아올린 친구, 혹은 영원을 약속한 배우자 같은 애틋한 관계에서 서운한 감정이 느껴지면 더욱더 실망스럽다.

참 이상하다. 가까운 사이일수록 더 자주, 더 크게 서운해지니까 말이다. 함께 한 시간만큼 서로를 잘 안다면 무엇에 서운함을 느끼는지 또한 잘 알 텐데. 가깝기에 더 서운하다는 말은 너무나도 가혹하다. 아쉽지만 관계의 깊이는 시간에 비례하지 않는 듯하다. 오랜 시간을 함께 했다고 해서 무조건 가까운 관계가 될 수 없다는 뜻이다.

인간관계에서 많은 변화를 겪은 후 하나 깨달은 게 있다. 대부분의 서운함은 '회피'에서 온다는 점이다. 여기서 회피는 말 그대로 '문제에서 벗어나려는 행위'이다. 크고 작은 말다툼을 마주하는 일, 내 의견을 고수하는 일, 상대방의 입장을 배려하는 일 등 긍정적이든 부정적이든 '소통하려는 노력'으로부터 도망치는 행위가 서운함을 만드는 원인이 된다.

이제는 만날 수 없지만, '회피형 인간'에 속하는 친구가 하나 있었다. 사람 자체는 정말 좋다. 말도 상냥하게 할 줄 알고, 늘 누군가를 배려하는 따뜻한 마음씨를 지녔다. 한 가지 일을 맡으면 끝까지 밀어붙이는 끈기도 있었다. 이렇게나 좋은 사람이 '다툼의 영역'에 들어서는 순간 다른 사람이 된다. 상냥, 배려, 끈기를 찾아볼 수 없는 곳으로 멀리 떠나가 버린다.

치고받고 부딪치는 몸싸움이 아니었다. 사소한 일에서 발생한 가벼운 의견 차이일 뿐이었다. 원하는 식사 메뉴, 만나고자 하는 시간대, 영화 관람 후 느낀 점 등. 서로의 생각에 차이가 있을 수밖에 없는 상황들이었다. 본인과 의견 차이가 있다는 걸 인지하는 순간, 그 친구는 황급히 자리를 떠났다. 혼자 덩그러니 남겨진 기분이 어찌나 외롭던지. 서운함은 외로움에서 오는 듯하다.

처음에는 그러려니 넘어갔다. 의견 차이를 쉽게 받아들일 수 있는 사람은 별로 없으니까. 의견 대립은 분명 슬픈 일이고, 슬픔을 마주하는 건 굉장히 어려운 일이다. 그러나 '다툼의 영역'에서 슬픔을 회피한다는 건 대화를 거부하는 일과 같다. 대화하기 위해 쏟은 노력이 전혀 존중받지 못하는 느낌이 들었다. 이런 상황이 몇 번 반복된 후 그 관계는 끝이 났다. 슬픔을 회피하면 서로를 이해할 수 없다. 점점 더 서운해질 뿐이다.

슬픔을 마주하게 되었을 때, 그 순간만큼은 두 사람이 한자리에 있기를 바란다. 동일한 질량과 크기의 슬픔을 서로 고스란히 받아들이길 바란다. 똑같은 슬픔을 겪어보지 않는다면 그 슬픔에 대해 논할 수 없지 않겠는가. 그 순간만큼은 약간의 괴로움이 동반되겠지만, 그게 서로를 이해하는 데 큰 도움이 된다. 이해 없는 관계는 결코 오래가지 못한다.

슬픔을 마주하는 관계가 되는 것. 이를 두려워해선 안 된다. 오히려 서로를 이해할 수 없는 관계가 되는 걸 두려워해야 한다. 무슨 일이 생겨도 어려움을 함께 마주해야 한다. 즐거움보다 괴로움을 제대로 나누는 사이가 되어야 한다는 말이다. 설령 그 슬픔으로 인해 같이 쓰러지면 어떤가. 두 손 맞잡고 서로 일으켜주면 되지 않을까. 서로의 힘이 되어줄 수 있을 것이다.

슬픔으로부터 도망친 곳에 행복이 존재할 거라 생각해선 안 된다. 물론 약간의 편안함은 있을지도 모르겠다. 슬픔을 피한 건 사실이니까. 그러나 진짜 행복은 슬픔 속에 있다. 같은 슬픔을 느끼고, 같은 문제를 극복하며, 같은 이해를 할 수 있는 관계. 서로의 어깨를 나란히 할 수 있는 관계. 그러니까, 서로를 이해할 수 있는 관계. 그것이 바로 진짜 행복을 마주할 수 있는 관계다. 슬픔을 마주해야 서운함을 없앨 수 있다.

도망친 곳에 낙원은 없다.

음식을 통해서만
건넬 수 있는
마음

어렸을 적 나는 부모님이 주신 음식을 애써 피해 다니곤 했다. 부모님은 늘 한 입만 먹어보라는 말과 함께 이런저런 음식을 권하셨는데, 그럴 때마다 나는 잽싸게 자리를 벗어나 내 방으로 몸을 던졌다. 내 입에 가까워지는 그 손길이 마치 한 마리의 아나콘다 같아 보여서 어찌나 무서웠는지 모른다. 먹기 싫은 음식이 내 입에 들어온다는 상상조차 싫었다.

그 시절 내가 싫어했던 음식은 주로 먹기 까다롭거나 맛을 쉽게 가늠할 수 없는 것들이었다. 꽉 닫힌 주둥이를 힘껏 열어 먹어야 하는 조개찜, 가시를 잘 골라내도 끝까지 방심할 수 없는 생선구이, 몇 번 씹어보기 전까진 내용물을 알 수 없는 상추쌈 같은 것들. 이런 음식보다는 김치볶음밥이나 소불고기 전골 같은 게 훨씬 좋았다. 아무 생각 없이 숟가락으로 퍼먹을 수도 있고, 냄새로 맛을 유추할 수도 있는 음식이니 말이다.

그런데 언젠가부터 피해 다니던 음식을 찾아다니기 시작했다. 정확한 시기는 잘 기억나지 않지만, 아마도 마음 맞는 친구를 여럿 사귄 후부터였던 것 같다. 한 테이블에 둘러앉아 수북이 쌓인 조개찜을 남김없이 비우거나, 생선 여러 마리를 치킨처럼 깔끔히 발굴해 먹기도 했다. 입이 터지도록 커다란 상추쌈을 만들어 놓고 술잔을 맞댈 때면 서로 흡족한 미소를 나누며 고개 끄덕이느라 정신이 없었다. 이 맛을 왜 이제야 알았나 싶었다.

이건 내 입맛이 엄청나게 변했기 때문은 아닐 것이다. 지금도 여전히 숟가락으로 김치볶음밥 퍼먹길 좋아하고, 달달한 소불고기 전골 냄새를 맡으면 군침이 돈다. 아직도 혼자 있을 땐 까다롭거나 맛을 가늠할 수 없는 음식은 잘 먹지 않게 된다. 그럼에도 불구하고 누군가와 함께 있는 자리에서 이런 음식을 찾게 되는 건, 그 음식을 통해서만 건넬 수 있는 마음이 존재한다는 것을 깨달았기 때문이다.

조개 주둥이가 잘 열리지 않아 끙끙 앓고 있을 때 그것을 대신 열어주는 일. 생선 가시를 섬세하게 발라 상대방 앞접시에 무심히 올려주는 일. 나만의 레시피로 근사한 상추쌈을 만들어 한 입 먹여주는 일. 조금 까다롭고 번거롭지만, 내가 상대방을 위해 무언가 대신해 줄 수 있다는 건 참으로 뜻깊다. 오히려 식사 자리에서만 해줄 수 있는 일이기에 아쉽기만 하다. 인생에서는 이게 참 쉽지 않으니 말이다.

사실 인생이라는 게 참 막연하다. 내 인생은 나의 것이고 당신의 인생은 당신의 것이기 때문이다. 이건 아무리 가깝고 친한 사이라 해도, 인생의 영역에선 대신해 줄 수 있는 게 별로 없다는 뜻이기도 하다. 인생이 잘 풀리지 않아 끙끙 앓고 있다 한들 내가 그 인생을 대신 살아줄 수는 없다. 앞길이 막막해 넋 놓고 있다 한들 내가 그 길의 모든 뾰족한 면을 다듬어줄 수는 없다. 성공하고 싶다 한들 내가 생각하는 성공을 그 삶 위에 놓아줄 수는 없다. 본인 인생은 스스로 살아나갈 수밖에 없는 것이다.

그럼에도 인생에는 꼭 한 줄기 빛과 같은 사람이 있

다. 살다 보면 가끔 남을 위해 최선을 다하는 사람을 만나게 된다. 본인 입에 넣어도 아쉬울 음식을 기꺼이 남의 입에 넣어주는 사람. 무언가 해줄 수 있는 게 없을까 고뇌하며 마음을 건네는 사람. 물론 어떤 행동도 타인의 인생을 완전히 바꾸어 놓을 수는 없을 것이다. 그러나 이런 작은 친절이 누군가의 기분을 좋게 만들고, 입가에 미소를 짓게 하며, 하루를 조금 더 밝게 비춘다는 사실을 부인할 순 없겠다. 그리고 그런 하루는 인생을 관통하는 용기의 근원이 되기도 한다.

요즘 사람들은 의심이 많다. 가까운 사람으로부터 오는 작은 친절조차 부담스럽다며 피하곤 한다. 신중해서 나쁠 건 없겠지만, 때론 과한 회피가 삶을 더 피폐하게 만드는 것 같다. 괜찮다는 말로 상황을 회피하기보다는 한 번쯤은 마음을 열고 받아들이면 좋지 않을까. 그건 아나콘다가 아니라, 한 입 먹어보라며 건네오는 부모님의 애정 어린 손길일지도 모른다. 오로지 당신만을 위한 진심 어린 노력일 수도 있다.

내가 베풀 수 있는 친절은 어디까지인지 종종 생각해 본다. 아마 내 시간을 포기하면서까지 누군가를 챙겨줄 수는 없을 것이다. 나 역시 시간에 허덕이며 사는 사람이기 때문이다. 그렇지만 살가운 표정과 따스한 말 한마디 정도는 천 번 만 번 해줄 수 있다. 건물 청소하는 분께, 음식점 사장님께, 미용실 이모님께 매번 살갑게 웃으며 안부를 묻는다. 그러면 오히려 그분들이 더 고마워한다. 그럼 그날 하루는 왠지 힘이 난다. 어쩌면 사람을 살아가게 하는 건 어떤 거창한 도움이 아니라, 이런 작은 친절일지도 모른다.

사람 덕에 사람이 산다.

기브 앤
테이크

어려서부터 친구를 잘 사귀지 않았다. 그
래서인지 지금까지도 곁에 남아 있는 사람이 몇 없다.
사는 지역이 달라서 일 년에 한 번 볼까 말까 한 대학
동기. 같은 지역에 있지만 일정이 빠듯해 선뜻 만나자
하기도 어려운 친구. 가끔 아무 생각 없이 전화했을 때
늘 카페에 앉아 있는 후배님. 문자 답장은 끝까지 안 하
면서 SNS에서는 열심히 활동 중인 참 이상한 녀석. 이
런저런 친구를 다 합쳐도 열 손가락을 넘기지 않는다.
나를 스쳐간 사람은 셀 수 없이 많은데, 남은 사람이 몇
없다.

어느 순간까지는 환경적인 문제 때문이라고 생각했다. 1~2년에 한 번꼴로 이사를 다닌 탓에 친해질 시간이 충분하지 않았다며 스스로를 납득시켰다. 물론 소심한 성격도 한몫했다. 사회생활을 시작한 후엔 낯을 가리는 일이 확실히 줄었지만, 옛 시절의 나는 거의 허수아비였다. 불러도 잘 대답하지 않았고, 무표정으로 모든 감정을 대체할 때가 많았다. 아마도 그 시절 사람들은 나를 조용하고 재미없는 사람으로 생각했을 것이다. 친구가 없는 이유 또한 마찬가지일 것이라 생각했다.

이제 와서 생각해 보니 그건 타당한 이유가 될 수 없다고 느낀다. 오히려 말수가 적고 감정 기복이 없는 사람을 선호하는 부류도 있으니 말이다. 문제는 소심한 성격이 아니었다. 그보다는 사람을 대하는 태도가 문제였다. 새로운 사람을 만날 때면 '저 사람이랑 친해지면 도움이 될까' 하며 이득을 따질 때가 있었다. 나 스스로 사람을 멀리하며 살았던 것이다.

유독 한 사람을 오래 만나지 못하는 이들이 있다. 이유는 대개 두 가지로 나뉜다. 하나는 상대방이 나에게 매력을 느끼지 못해 서서히 멀어지는 것이고, 다른 하나는 내가 상대방을 마음에 담아둘 만큼 좋아하지 않아

은근히 밀어내는 것이다. 아쉽지만 전자는 어찌할 방법이 없다. 내가 아무리 좋은 사람이라 해도 상대방이 그렇게 느끼지 않으면 관계를 유지할 수 없기 때문이다. 보석도 볼 줄 모르는 사람의 눈엔 한낱 돌멩이일 뿐이다. 끊어질 관계는 무슨 짓을 해도 끊어지는 법이다.

지킬 수 있는 관계는 지켜야 한다. 후자가 바로 그런 관계다. 내가 상대방을 억지로 밀어내지 않는 이상 쉽게 끊어지지 않는 관계 말이다. 물론 상대방이 인간으로서의 자격이 없는 나쁜 사람이거나, 결코 이어질 수 없는 상황에 놓인 사람이라면 예외로 두어도 좋다. 이런 특별한 상황이 아니라면, 내 태도에 따라 관계의 결말이 바뀐다. 여기서의 태도는 '득실을 따지는 일'이다. 관계를 시작할 때 본인의 이득을 먼저 생각하는 사람. 이 부류의 사람은 얻을 게 없다고 판단하는 순간 정을 뗀다.

'얻는 관계'가 아니라, '주는 관계'가 되어야 한다. 얻고자 하는 관계는 이득이 사라지는 순간 끊어지지만, 주고자 하는 관계는 결코 끊어지지 않는다. 베푸는 일에는 결말이 없기 때문이다. 열이 난다는 말 한마디에 뛰어가 해열제를 사다주는 사람. 평소보다 날이 춥다는 일기예보를 듣고 뜨겁게 달궈놓은 핫팩을 주머니에 넣어주는 사람. 기념일도 아닌데 손편지와 함께 꽃 한 송이를 건네주는 사람. 이렇듯 '무엇을 해줄 수 있는지' 늘 고민하는 사람. 이런 사람은 득실을 따지지 않기 때문에, 머리가 아닌 가슴으로 사람을 대할 줄 안다. 관계를 빛내는 사람은 스스로가 먼저 보석이 된다.

관계의 목적을 '이득'에 두는 사람이 많다. 친구 관계뿐만 아니라 연인이나 부부관계에서도 마찬가지다. '저 사람과 함께라면 남들보다 풍족하게 살 것 같다', '외국어를 잘하는 사람이니 나 또한 외국어를 배울 수 있겠다', '직업이 요리사이니 종종 요리를 해주지 않을까'라며 상대방으로 하여금 내 삶에 이득이 생기길 바란다. 하지만 사람의 욕심은 끝도 없다. 원하던 것을 얻으면 또 다른 이득에 눈길이 간다. 지금 만나는 상대가 그걸 충족해 줄 수 없다면 그 관계는 지루하게 느껴질 뿐이다. 관계를 끊어내고 싶은 마음도 이때 생긴다.

관계를 오래 유지하고 싶다면 자신의 태도를 먼저 점검해 볼 필요가 있다. 그럼 알게 된다. 그 관계를 통해 얻고자 하는 게 하나쯤 있다는 사실을. 물론 사람이라면 어쩔 수 없는 일이기도 하다. 사람은 불완전한 존재라 자신의 부족한 점을 보완해 줄 누군가를 찾으며 산다.

그 욕심을 버릴 순 없다. 하지만 날카로운 욕심에 베이지 않도록 조심할 순 있다. '베풂'이라는 고운 비단을 이용하여 욕심을 감싸는 것이다. 내가 먼저 상대방의 부족한 점을 채워주려는 자세가 필요하다. '기브 앤 테이크'에서 '기브'가 앞에 있는 건 다 이유가 있다.

나는 아직도 내성적인 사람이다. 낯선 이와 만날 때면 어김없이 입술이 바짝 마르고 식은땀이 흐른다. 사회생활을 한 덕분에 영업용 미소를 장착할 수 있는 여유가 생기긴 했지만, 새로운 만남은 여전히 고통스럽다. 하지만 예전과는 다른 태도로 관계를 시작하려 애쓴다. 먼저 무엇을 줄 수 있는지 생각하고 행동에 옮긴다. 이런 베풂이 닿는 순간을 좋아한다. 상대가 기뻐하는 모습. 뭐라도 되돌려주려는 모습. 이런 모습들이 마음에 열기를 더한다. 그렇게 한 걸음씩 나아가면 된다고 믿는다. 느리더라도 멈추지 않으며.

먼저 줄 때, 관계의 한 걸음이 쌓인다.

인복 없는
사람

      이상하게 주변에 나쁜 사람만 꼬이는 이들이 있다. 물질적인 무언가를 얻어내기 위해 슬며시 다가오는 사람이 자꾸 나타난다. 본인이 해야 할 일임에도 불구하고 귀찮다는 이유로 모든 일을 떠넘기는 사람과 계속 엮인다. 나만 믿으라는 말로 무엇이든 해줄 것처럼 자리를 지키다가, 정말 중요한 순간에 뒤통수치고 떠나는 사람을 겪는다. 이런 부류의 사람을 계속 접하다 보면 결국 '난 인복이 없구나' 하는 생각이 머릿속에 가득 찬다. 어째서 내 삶엔 괜찮은 사람 하나 없는 것인가.

그런데 사람 마음이라는 게 때론 솜사탕 기계 같다. 부정적인 생각을 넣으면 부정적인 행동이 자연스럽게 튀어나온다. 자신의 삶을 일반화해 버리는 것이다. 지금까지 만났던 사람과 마찬가지로, 앞으로 눈앞에 나타날 모든 사람 또한 나쁠 것이라 단정 짓고 만다. '나쁜 사람 리스트'에 이름을 적고 관계를 시작하니 말과 행동 또한 좋게 나올 리 없다. '세상에 좋은 사람 하나 없다'라는 생각이 관계의 영역에 담을 쌓는 것이다. 사람에게서 받는 상처가 이렇게 무섭다.

인복 없다며 속상해하는 사람들을 안다. 쉬는 시간만 되면 울적한 연기를 뿜어내며 호흡을 고르는 부장님. 주말이면 밤늦게까지 세월을 들이켜며 한탄을 늘어놓는 선배님. 갑작스럽게 전화해 '이 상황을 이해할 수 있겠느냐'고 물어오는 친구. 이들에겐 공통점이 하나 있는데, 바로 자기 자신보다 다른 사람을 더 신경 쓴다는 것이다. 남을 챙겨주고 배려한다는 명목으로 늘 퍼주다 보니 계속해서 상처받는 위치에 서게 된다. 착한 사람은 종종 본인에게 착해지는 일을 잊곤 한다.

나쁜 사람으로 살았던 시절이 있다. 타인에게 나쁜 행동을 했다는 건 아니다. 스스로에게 너무 모질게 굴었을 뿐이다. 필요한 게 있었음에도 불구하고 다른 사람의 요구 때문에 우선순위를 쉽게 바꾸곤 했다. 내가 필요하다는 말 한마디가 듣고 싶어서 없는 시간마저 무리해서 끌어다 쓰곤 했다. 누군가에게 도움이 되었다는 뿌듯함. 필요한 사람이 되었다는 만족감. 그런 기분을 삶의 원동력으로 삼았다. 그땐 몰랐다. 희생과 헌신은 다르다는 것을.

때론 관계라는 것이 참 일방적으로 느껴진다. 내가 최선을 다하면 상대도 비슷한 모습을 보여주는 게 당연하다고 생각했다. 그런데 모든 관계는 어느 정도 기울어져 있는 듯하다. 그것이 우정이 되었든 사랑이 되었든, 마음을 쏟는 쪽과 받는 쪽이 정해져 있다. 탁구나 배드민턴처럼 한 쪽이 공을 쳤으면 다른 쪽이 받아쳐 줘야 유지되는 게 관계인데 말이다. 대개 착한 사람은 공을 치는 쪽에 있다. 계속 친다. 상대방이 받아치지 않더라도 계속 친다. 어느 순간 돌려받지 못한 공이 너무 많다는 걸 느끼는 때가 온다. 사람이 좌절하는 순간이다.

한동안 사람을 멀리하며 살았다. 인간관계가 참 부질없게 느껴졌던 탓이다. 나 혼자만 노력해야 하는 일. 갈수록 나를 잃는 일. 상처만 받는 일. 차라리 안 하는 게 더 낫겠다고 판단했다. 그렇게 시간이 꽤 흘렀다. 몇 년 정도 지났을까, 하루는 이런 의문이 들었다. '희생하지 않아도 되는 관계란 무엇일까?'라는 생각. 답이 떠올랐다. 준 것에 연연하지 않고 받은 것을 곱씹어 볼 수 있는 관계. 돌이켜 보면 그랬다. 준 만큼 돌려받고 싶다는 생각. 관계의 집착은 그곳에 있었다.

대개 사람들은 자신을 먼저 챙기라는 말에 돌변하곤 한다. 주는 행위를 아예 멀리하기 시작한다. 준 것을 돌려받지 못해 상처가 되었으니, 차라리 안 주는 게 낫다고 판단하는 것이다. '내가 해준 게 얼만데', '왜 저 사람은 받기만 할까'라는 생각을 멈추고 싶기 때문이다. 물론 마음을 닫은 채 사는 것도 한 가지 방법이 될 수 있다. 하지만 그건 내 본모습을 바꾸는 일이 될 뿐이다. 만약 누군가에게 마음 쓰는 일을 좋아한다면, 그 모습 그대로 살면 된다. 대신 순서를 바꿀 줄 알아야 한다. 준 것을 돌려받기보다는, 받은 것을 돌려주는 태도를 장착하는 것이다.

무엇을 받았는지 종종 생각해 본다. 힘들 때면 언제든 힘이 되어 줄 테니 걱정 말라며 술 한 잔 건네주셨던 치킨집 사장님. 지낼 곳이 없으면 자기 집에서 당분간 있어도 좋다고 말해준 선배님. 보고 싶다는 말 한마디에 타국에서 비행기 타고 넘어와 준 동생. 값비싼 선물 사줄 형편은 못 되지만 마음만큼은 전하고 싶다며 내가 좋아하는 책을 건네준 친구. 슬픈 일에 같이 울어주고 좋은 일에 같이 웃어주던 그 사람. 그동안 잘 인지하지 못했지만, 이미 정말 많은 사람이 나에게 사랑을 줬다. 이들이야말로 최선을 다해 마음 쏟아야 할 대상이다.

인복 없다 느껴지는 날을 보내고 있다면, 잠시 뒤돌아보는 게 도움이 된다. 그럼 안다. 나에게 손을 뻗어준 사람이 꽤 많다는 것을. 일방적인 희생 없이 유지할 수 있는 관계도 분명 존재한다는 것을. 나는 그들을 위해 산다. 부질없는 관계에 상처받았다는 이유로 마음 쏟는 일을 멈추고 싶진 않다. 마음 전하는 사람이 줄어들면 삶이 삭막해진다. 온기에 열기를 더하는 일이 내 마음을 지킴과 동시에 베풂을 멈추지 않는 일이라 믿는다.

인복 있는 사람은
이미 존재하는 복을 찾을 줄 안다.

마음의 문을
두드리는
물음표

나는 어려서부터 궁금한 건 꼭 물어봐야 직성이 풀리는 사람이었다. 부모님에게 '왜요?'라는 물음을 지겹도록 던졌던 게 아직도 생생히 기억난다. 도로 위 신호등이 빨간색으로 변할 때도, 김치를 담그기 위해 배추에 소금을 왕창 때려넣을 때도, 뒤집어진 양말을 원래 모습으로 정리할 때도, 나는 어김없이 그 이유를 묻곤 했다. 별다른 목적은 없었다. 그냥 순수하게 이유가 궁금했기 때문이다. 세상에 이유 없는 일은 존재하지 않을 것이라 믿었다.

그럴 때면 부모님은 내 말에 이런저런 답을 덧붙이

며 간지러운 곳을 시원하게 긁어주셨다. 신호등이 주황 빛으로 변하는 건 곧 멈추어야 하니 조심하라는 뜻이라고. 김치를 담글 때 소금을 넣는 건 물기를 빼서 아삭함을 더하기 위함이라고. 뒤집어진 양말을 정리하는 건 빨래하는 사람을 배려하는 일이기 때문이라고. 그럼 나는 그 이유가 또 궁금해져서 왜 그렇게 해야 하는지 물었다. 그렇게 물음표를 정신없이 이어붙이다 보면 어느샌가 하루의 끝에 도달하곤 했다.

나는 모든 사람이 이렇게 물음을 주고받으며 사는 줄 알았다. 그 시절만 해도 나와 내 친구들은 물음표의 마을에서 살았기 때문이다. 새하얀 도화지 위에 크레파스 세계를 수놓을 때도 그랬다. 나무를 그리는 이유가 궁금해서 물어보고, 그 옆에 서 있는 사람이 누구인지 알려주며, 햇님이 미소 지을 수밖에 없는 이유를 알아가곤 했다. 덕분에 나와 친구는 더욱더 친해질 수 있었다. 이건 이유를 묻는 일이기도 했지만, 서로를 알아가는 일이기도 했다. 사람은 그렇게 물음표의 은혜를 입으며 사는 존재인 줄 알았다.

나이를 적당히 먹고 나서 깨달은 것은, 사람은 생각보다 서로를 그다지 궁금해하지 않는다는 사실이었다.

어쩌면 '궁금해하지 않는다'라기보다는, '궁금해하지 않게 된다'라는 말이 더 정확한 표현일 듯하다. 모든 일에는 저마다의 사연과 이유가 있겠지만, 어쨌거나 그건 당신의 사정일 뿐이고, 그걸 알아봐야 내 삶에 딱히 큰 도움이 되진 않기 때문이다. 어쩌다 만나게 되는 물음표도 있지만, 자세히 들여다보면 그건 순수한 궁금증이 아니라, 단순히 겉치레적인 절차쯤에 불과하다는 사실을 알게 된다.

그런데 문제는, 이런 무심한 태도가 가까운 관계에서도 이어진다는 것이다. 상대방을 어느 정도 알게 되었다는 생각이 들면 물음표를 점차 줄이기 시작한다. 이미 알고 있는 사실이기에 굳이 물어볼 필요가 없다고 여기는 것이다. 물음표를 귀찮게 여기는 것도 한몫 거든다. 이미 알고 있는데 왜 또 물어보냐며, 매번 똑같은 대답을 내놓는데 다 잊어버리는 것이냐며 오히려 상대방을 헐뜯기만 한다. 관계가 찢어지는 것도 이때부터이지 않을까 싶다. 더 이상 궁금하지 않다는 건, 더 이상 알고 싶지 않다는 뜻과 같으니 말이다.

겪어본 바로 끝날 무렵의 관계는 대개 대화가 짧았다. 문장의 길이가 짧았다기보다는 대화를 주고받는 횟

수가 적었다. 두세 시간 동안 끊임없던 대화가 어느 순간부터 삼십 분으로 줄어들었고, 그 후엔 기껏 유지해봐야 오 분이 최대였다. 서로에게 나쁜 감정을 가지고 있었기 때문은 아니다. 단지 이미 충분히 알만큼 알았기에 더 이상 긴 대화가 필요하지 않다고 판단했기 때문일 것이다. 관계란 얼마나 정직한지 모른다. 다가간 만큼 가까워지고, 물러선 만큼 멀어진다.

관계가 잘 연결되어 있다고 느껴지는 순간이 있다. 상대방이 내가 서 있는 곳을 계속 바라봐 줄 때, 그러다 자꾸만 눈이 마주칠 때, 조금이라도 앓는 소리를 내면 잽싸게 달려와 내 앞에 나타나줄 때가 그렇다. 가장 큰 유대감이 느껴지는 순간은 대화가 끊임없이 이어질 때다. 어떤 심도 있는 주제로 논쟁을 펼치는 것도 아닌데, 일상 속 숨겨진 재료로 시간 가는 줄 모르게 떠들 수 있는 대화가 있다. 이런 대화가 가능한 사람과의 관계란 햇살처럼 따뜻하다.

그러므로 관계에서 꼭 필요한 태도는 물음표의 소중함을 잃지 않는 태도일 것이다. 누군가 새로운 옷을 장만했을 때, "괜찮네"라는 말 한마디로 대화를 끝내기보다는 "괜찮네, 어디 놀러 가?"라고 물어주는 일. 또 그런 물음을 귀찮게 여기지 않고, "예쁜 카페 가는데, 카페 좋아해?"라고 받아쳐 주는 일. 그렇게 탁구 치듯 물음표를 주고받는 일이야말로, 관계의 끈을 더욱더 굵고 견고하게 만들어주는 일이라 믿는다. 어린 시절 부모님과 물음표를 이어붙이며 하루를 보냈던 것처럼 말이다.

내가 좋아하는 표현 중 하나는 '사람의 마음은 문과 같다'라는 표현이다. 눈으로 볼 수도 없고 손으로 잡을 수도 없지만, 그 문만 넘어가면 새로운 세계가 펼쳐지기 때문이다. 그런데 이 '마음의 문'이라는 것은 참 특이하게도 손잡이가 안쪽에만 있다. 상대방이 문을 열어주지 않으면 결코 그 너머를 구경할 수 없다. 여기서 물음표는 문을 두드리는 일이다. 직접 나서서 노크를 해야 상대방이 마중 나올 수 있다. 관계란 그런 것이다. 서로를 궁금해하고, 그에 적절한 반응을 보여주며, 서로의 세계에 들락날락해야 하는 것이다. 궁금하다며 갸우뚱하는 모습보다 귀여운 것도 없다.

관계는 서로를 궁금해하는 만큼 견고해진다.

좋은 관계엔
위아래가 없다

자신의 우월함을 증명하려는 사람이 많다. 인간관계에 암묵적으로 존재하는 서열을 따지기 위함이다. 처음 만나는 사람에게 나이와 학력을 묻거나, 다니는 직장과 연봉을 말하고, 명품 액세서리를 은근슬쩍 보이며 기선제압을 한다. 누군가는 본인이 업계 최고라 말하며 거만한 태도를 보이고, 누군가는 다른 사람을 하인 부리듯 대한다.

대개 사람들이 인간관계를 포기하게 되는 이유도 이 때문이다. 자기가 위에 있다고 과시하는 사람과 기싸움하는 일. 당연한 듯 거만한 태도를 보이는 사람에게 억지로 장단 맞추어 주는 일. 생각만 해도 치사하다. 내 서열이 낮음을 인정하기라도 하면 돌이킬 수가 없다. 그 관계에서만큼은 늘 두 손을 공손히 포개고 고개를 떨군 채 지내야 한다. 이런 관계를 여러 번 겪고 나면 그냥 혼자 살아야겠다는 다짐을 하게 된다.

그러나 한 가지 알아야 할 사실이 있다. 자세히 보면 인간관계는 모래시계처럼 위아래로 움직이지 않는다는 것이다. 그보다는 회중시계 속 톱니바퀴처럼 제자리에서 끊임없이 도는 것이다. 무언가 줄 게 있을 땐 잠시 갑이 되었다가, 무언가 필요한 게 생길 땐 잠시 을이 된다. 내 차례가 오면 잠시 무대 위로 올라갔다가, 다른 이의 차례가 오면 잠시 그 무대에서 내려오는 것이다. 어떤 거창한 의미는 없다. 그냥 시기에 따라 갑이 되었다가 을이 되었다가 하는 것이다.

나는 글을 쓸 때 이를 뼈저리게 느낀다. 대개 사람들은 작가를 갑으로 여긴다. 작가는 본인이 가진 지식과 지혜를 제공하고, 독자는 이를 소비하며 더 나은 삶을 살아가기 위한 기틀을 마련하기 때문이다. 비단 작가와 독자의 관계뿐만은 아니다. 작가와 출판사의 관계도 그렇다. 출간 계약서에 서명할 때도 작가는 갑이고 출판사는 을로 명시되어 있다. 내가 줄 수 있는 건 오로지 글 하나뿐인데, 마침 그들에게 필요한 것이 글인 덕분이다.

그러나 내가 갑이 될 수 있는 건 오로지 그 순간뿐이라는 것을 안다. 내 글을 읽어줄 독자, 책으로 엮어줄 출판사, 읽기 좋게 다듬어줄 편집자, 예쁘게 포장해 줄 디자이너, 깔끔히 출력해 줄 인쇄소, 서점까지 운반해 줄 유통사. 이들이 없다면 나는 아무리 좋은 글을 써도 작가로서 존재할 수 없기 때문이다. 그래서 나는 갑의 위치에 있음에도 늘 최선을 다해 고개 숙이고 감사를 전한다. 나는 갑이지만 동시에 을이고, 그들은 을이지만 동시에 갑이다.

이 말을 꺼낸 이유는 인간관계에서 우위를 점하는 건 정말 부질없는 짓임을 강조하기 위함이다. 비단 처음 만나는 사람에게 날을 세우는 일뿐만은 아니다. 친구, 연인, 가족, 선후배, 직장 동료, 동네 이웃과의 관계도 마찬가지다. 내가 조금 뛰어난 부분이 있어서 갑처럼 느껴지거나, 다소 부족한 부분 때문에 을처럼 느껴지는 관계가 있을 것이다. 하지만 그렇다고 관계를 위아래로 나누어선 안 된다. 모든 관계는 평등하다. 단지 뛰어남과 부족함이 드러나는 시기가 서로 다를 뿐이다.

내가 만났던 사람 중 최고의 리더는 언제 어디서든 존댓말을 사용했다. 심지어 늘 같은 시간 찾아와 청소하는 이모님과 항상 대문 앞을 지키는 경비 아저씨에게 허리를 반으로 접으며 깍듯하게 예의를 지키곤 했다. 그분들이 바로 회사의 기둥이라는 것을 잘 알고 있었기 때문이다. 청결과 안전이 유지되어야 모든 직원이 기분 좋게 일할 수 있고, 그래야 리더의 자리 또한 생기는 것이니 말이다. 기둥 없는 집은 그 어디에도 존재하지 않는다.

사람은 욕심이 많다. 나를 누군가와 비교하고 싶은 마음이 드는 건 당연한 일이다. 만약 비교해야 하는 순간이 온다면 이를 반드시 명심해야 한다. 내가 무대 위에 올라설 수 있는 건, 다른 이가 그 무대를 양보했기 때문이라는 것. 무대 위에 올라가 미소 지을 수 있는 건, 양보한 이들이 열렬히 박수 쳐주기 때문이라는 것. 그리고 그 순간은 영원히 지속될 수 없다는 것. 관계는 끊임없이 돌고 돈다.

모든 관계는 서로에게 갑인 동시에 을이다.

Part 4

결국 마음에 닿는 건
예쁜 말이다

세상에서
가장 기쁜 칭찬

최근에 "성실하다"라는 말을 들었다. 본업이 있으면서도 게으름 피우지 않고 꾸준히 글을 쓰며 노력하는 게 참 보기 좋다고. 지금까지 들었던 모든 칭찬 중에 가장 기분 좋은 말이었다. 대단한 결과물에 박수 쳐준 것도 아니고 머리 쓰다듬으며 예뻐해 준 것도 아닌데, 이 짧은 말 한마디가 마음속에 내려앉아 뿌리를 내렸다. 표현을 잘하지 못하는 성격인지라 "감사합니다" 한마디로 대화를 끝맺긴 했지만, 만약 내가 강아지였다면 꼬리를 정신없이 흔들며 온 동네를 뛰어다녔을 것이다.

칭찬의 말을 종종 듣는다. 예컨대 말을 예쁘게 한다든지, 좋은 사람 같아 보인다든지, 일 처리가 빠르다든지 하는 말. 그런데 이런 말은 아무리 많이 들어도 엄청 기뻐서 방방 뛰고 싶다는 마음이 들진 않았다. 왠지 나라는 사람을 잘 알지 못하면서, 단순히 관계의 거리를 좁히기 위해 하는 형식적인 말처럼 느껴지기 때문이다. 모든 말이 그런 의도를 품고 있진 않겠지만, 그럼에도 수박 겉핥기 느낌이 드는 말을 들을 땐 입꼬리에 힘이 잘 들어가지 않는다.

그러나 '성실하다'라는 말은 조금 다르게 느껴진다. 예쁘게 포장된 선물상자는 아니다. 단순하고 평범해 보이는 나무 상자일 뿐이다. 하지만 그 속에는 거울 하나가 들어 있다. 나 자신을 들여다보게 하는 상자인 셈이다. '성실함'이란 단어에는 내가 그동안 겪어온 시간이 고스란히 담겨 있다. 이루고자 하는 바람을 빛내기 위해 들인 노력들. 스스로에게만큼은 떳떳한 사람이 되기 위해 쥐어짠 진심들. 성실하다는 말을 들으면 이런 모든 정성을 인정받는 느낌이 든다. 결과가 어찌 됐건, 최소한 게으름 피우지는 않았다고. 노력을 인정받는 것보다 기분 좋은 게 또 없다.

돌이켜보면 지금까지 정말 진심을 다해 살았다. 어느 것 하나 '될 대로 돼라' 식으로 방치해 본 적이 없었다. 좋아하는 사람에게 마음을 전할 때도, 이름 모를 이의 고민을 들어줄 때도, 아무도 읽지 않는 글을 쓰던 때도 정성을 다했다. 식당에서 아르바이트하던 시절에도 그랬다. 고약한 냄새 때문에 모두가 등 떠밀던 쓰레기 버리는 일도 내가 먼저 나서서 처리하곤 했다. 원했든 원하지 않았든 당장 내 눈앞에 놓인 일이기 때문이었다. 기왕이면 최선을 다해 현재를 마주하고자 했다.

나만 이렇게 살아온 것은 아닐 터. 사람은 누구나 현재에 닿아 있다. 지금 이 순간을 살아내지 않는 사람은 생을 다한 사람 말곤 없다. 쇳덩이 같은 눈꺼풀을 들어올리고 일어나 부지런히 씻고 옷을 입는 일. 현관문을 열고 계단을 오르내리며 일상에 뛰어드는 일. 평범해 보여도 저마다의 노력이 필요하고, 정성을 들이지 않으면 곧장 추락하는 게 사람의 삶이다. '성실함'은 굳이 특별한 무언가에 몰두한 사람만 얻을 수 있는 칭호 같은 게 아니라는 것이다.

어쩌면 사람들이 가장 듣고 싶은 말은 이런 평범한 노력들에 대한 인정이 아닐까 싶다. 그동안 참 열심히 살았다며 건네오는 '성실하다', '부지런하다' 등의 말. 내 능력이 정말 뛰어나서 '굉장하다'라는 말을 듣는 것도 좋지만, 그보다는 내가 들인 시간을 인정받는 것이야말로 최고의 희열을 가져다주는 말이 아닌가 생각해 본다. 수고로움을 감내했다는 사실을 알아주는 사람이 없다면, 삶은 덧없이 황량한 사막처럼 느껴질 게 분명하다. 때론 평범해 보이는 말이 가장 귀하다.

모든 삶은 갈수록 관대한 시선에서 벗어나는 경향이 있다. 나이가 들수록 과정을 응원해 주는 사람은 줄어들고, 좋은 결과에 고개 끄덕이는 사람만 늘어난다. 갓난아이가 걸음마를 시작할 땐 아등바등 일어나 보려는 모습 하나에 온 가족이 들뜬다. 그런데 크고 나면 그런 일은 당연한 것쯤으로 전락하고 만다. 다 큰 성인도 일어나려면 힘이 들고, 때론 한걸음 내딛는 것조차 모든 신경을 기울여야 하는데 말이다. 삶에 깃드는 절망은 대개 이런 노력의 경시에서 비롯하는 게 아닐까. 당연하다는 것이 꼭 쉽다는 뜻은 아니니까.

난 결과보다 과정이 중요하다고 믿는 사람이다. 결과 없는 과정은 있을지 몰라도, 과정을 거치지 않고 결과만 덩그러니 나타나는 일이란 존재하지 않을 것이다. 좋은 결과처럼 보이는 일도 누군가에겐 만족스럽지 못한 하나의 과정에 불과할 수 있다. 어쩌면 결과라는 단어는 애초에 존재하지 않을지도 모른다. 무수한 과정을 뜨개질로 엮어가며 각자에게 어울리는 삶을 만들어가는 것일 뿐. 과정을 알아주는 일이란 그 사람의 모든 시절에 찬사를 보내는 일이다. 잘 해왔으니 걱정 말라고.

누군가를 칭찬해야 할 때면 그 사람의 과거를 먼저 떠올려 보곤 한다. 지금까지 어떻게 살아왔을지, 얼마나 고된 일을 겪었을지, 어떤 노력을 했을지. 그럼 보이는 듯하다. 당장 눈앞에 놓인 결과물이 그 사람의 전부를 대변하지 못한다는 것을. 그보다는 지금까지의 노력과 몇 번이고 할퀴어졌을 영혼이 오히려 그 사람의 전부라는 것을. 이를 인지하면 겉보다 속을 알아주는 말이 튀어나온다. 부지런히, 애쓰며, 성실하게 살아왔다고. 그 모든 정성을 인정한다고.

당연함을 알아주는 것보다 귀한 일은 없다.

말이 길어지면
없던 잘못도
생긴다

시간 약속을 중요하게 여긴다. 나와의 약속은 물론이거니와, 타인과의 약속인 경우엔 더욱더 중요하게 생각한다. 평소에도 어떤 약속이 잡히면 늘 30분 정도 일찍 약속 장소에 가 있는 편이다. 예상보다 일찍 도착해 시간이 넉넉한 날엔 주변을 걸어다니며 건물을 둘러보거나 벤치에 앉아 하늘을 구경하기도 한다. 기다려야 하지만, 그래도 이 편이 낫다. 당신과 빨리 만나고 싶다는 마음을 은연중 알려주는 것만 같아서다. 덤으로 '시간에 쫓기며 살지 말자'라는 나만의 인생관을 유지할 수도 있다.

하루는 친구와 만나기로 했다. 오랜 시간 연을 유지한 친구이기에, 내가 약속시간보다 일찍 도착하는 사람이라는 것도 안다. 평소와 같은 계획을 세웠다. '이때쯤 일어나서 씻고 조금 쉬었다가 옷 입어야지', '이때쯤 출발하면 얼추 시간이 맞겠구나' 하고 생각했다. 그런데 웬걸. 그날은 유독 차가 많이 막혔다. 생각해 보니 3월이 끝나갈 무렵이었다. 아마 어딘가에서 벚꽃축제라도 하고 있는 듯했다. 다행히 약속 시간에 늦진 않았지만, 평소와 다르게 정시에 도착했다. 왠지 죄지은 느낌이 들었다.

설명하기 시작했다. "생각보다 차가 많이 막혔다", "주변에 벚꽃축제하는 곳이 있는 것 같다", "조금 더 일찍 나올 걸 그랬다" 같은 말을 이어나갔다. 평소처럼 일찍 나오지 못한 이유를 구구절절 설명했다. 그렇지 않으면 괜히 오해를 살 것 같아서였다. '늘 미리 나와서 기다리던 사람인데 이젠 예전 같지 않구나' 같은 생각을 할까 덜컥 겁났던 것이다. 친구는 왜 그렇게 변명을 하냐며, 잘못한 것도 없는데 진짜 잘못한 사람처럼 보인다고 했다. 머리를 세게 얻어맞은 듯했다. 말이 길어지면 없던 죄도 생긴다.

변명의 정의는 '잘못이나 실수에 대하여 구실을 대는 것'으로 상대방을 이해시킴과 동시에 스스로를 변호하는 일이다. 정의는 하나지만 방향은 둘로 나누어져 있다. 하나는 "내 잘못을 인정할 수 없다"라고 둘러대는 비겁한 말이고, 다른 하나는 "그럴 만한 이유가 있었다"라며 이해를 바라는 부탁의 말이다. 전자든 후자든 좋은 모습은 아니다. 사건 앞에 문장을 뿌려놓는 사람은 자신을 방어하는 것으로 보이기 때문이다. 잘못 하나 없는 상황에서도 스스로를 죄인으로 만든다.

이유를 댄다는 건 원인이 무엇인지 안다는 뜻이기도 하다. 원인을 해결하면 그만이니 차라리 다행이다. 문제가 되는 건 후자, 부탁의 말이다. 잘못이 없음에도 불구하고 변명을 늘어놓는 일 말이다. 이런 사람이 생각보다 많다. 본인의 말과 행동에 구구절절 설명을 덧붙인다. 필요해서 라이터를 빌리면서도 "저는 흡연자가 아니지만", "필요한 곳이 따로 있어서"라는 말을 한다. 오해받을지도 모른다는 두려움, 혹은 착한 사람으로 보이고 싶다는 욕심 때문에 그렇다. 무의미한 설명은 구차한 변명이 된다는 걸 알아야 한다.

흔히 듣는 변명이 몇 있다. 몸 상태가 안 좋아서 일을 끝마치지 못했다는 말. 문제가 어려워서 시험에 떨어졌다는 말. 더 중요한 약속이 있어서, 급히 처리할 업무가 있어서, 돈 나갈 데가 많아서, 동료가 실수해서 그랬다는 변명도 있다. 상황을 회피하기 위해 다른 무언가를 방패막이로 삼는 것이다. 물론 정말로 몸 상태가 나빴을 수도, 문제가 어려웠을 수도 있다. 하지만 청자가 느끼는 건 화자의 억울함뿐이라는 걸 알아야 한다. 말이 길어지면 억울함의 크기만 커질 뿐이다. 모든 해명은 사실 포장되어 있다.

잘못하지 않았는데 늘 해명하는 사람이 있다. 대개 착한 아이 증후군을 가진 사람이 그렇다. 나쁜 사람으로 보이면 안 된다는 강박 때문에, 어느 상황에서도 좋은 방향으로 일을 포장하는 것이다. 이해를 바라는 부탁의 말은 나와 상대방을 '갑을 관계'에 몰아넣는다는 것을 알아야 한다. 해명하는 사람이 자신이 을이라는 걸 거듭 강조하기에, 듣는 사람은 어쩔 수 없이 갑의 위치에 놓인다. 쓸데없이 자세를 낮추는 모습에 오히려 부담을 느끼기도 한다. 서로에게 독이 되는 일이다. 해명하고 싶다면 차라리 말을 줄이는 게 좋다.

물론 실제로 잘못을 저지른 순간도 있을 것이다. 이

때도 마찬가지다. 자신을 억지로 을의 위치에 몰아넣어선 안 된다. 말은 간결할수록 힘이 있다. 억울하다는 말들을 이어붙이는 건, 불 위에 바짝 마른 나뭇가지를 잔뜩 올리는 일이다. 약간의 분노가 쌓인 사람이 괴물같이 변할 수도, 아무런 감정 없는 사람이 의심을 품을 수도 있다. 여기서 필요한 건 "미안해"라는 말 한마디다. 이거면 충분하다. 설명은 상대방이 원할 때 해도 늦지 않다. 상황이 궁금한 사람은 이유를 물어볼 것이고, 마음이 가라앉은 사람은 시선을 돌릴 것이다.

입을 단속하며 사는 요즘이다. 남을 깎아내리는 말보다, 나를 깎아내리는 말을 줄이기 위해서다. 성격 때문인지 정시에 도착해도 늦었다는 느낌을 지우긴 어렵다. 사람은 쉽게 변할 수 없다는 걸 매번 느낀다. 하지만 불필요한 설명의 말을 하나둘 마음속 상자에 넣고 나면 당당한 사람이 된 기분이 든다. 을의 위치를 자처하지 않아서일 것이다. 청자의 감정을 다스림과 동시에 화자의 위치를 낮추지 않는 일거양득의 말. 이런 말은 굵고 짧다.

어떤 말은 안 하느니만 못하다.

대화에
몰입해야 하는
이유

　시끄러운 장소를 싫어한다. 웅성거리는 사람들의 대화 소리, 자동차와 오토바이의 배기음 같은 소리가 들리면 정신이 산만해진다. 무엇에도 집중하기가 힘들다. 마치 자갈이 심하게 깔린 비포장도로를 달리는 느낌이다. 집중할 만하면 생각이 흔들려 흐름이 끊긴다. 이렇게 예민한데도 불구하고 주변 소음이 들리지 않을 만큼 귀가 닫히는 순간이 있다. 누군가에게 내 생각을 온전히 풀어내고 싶을 때, 내 진심이 상대방의 마음에 닿기를 간절히 바랄 때. 몰입하게 되는 순간 말이다.

나에게 몰입하고 상대방에게 몰입하는 순간. 그 순간 만큼은 주변 환경이 어찌 돌아가든 별로 신경이 쓰이지 않는다. 마음이 오가는 그 순간의 흐름. 그 흐름을 유지하기 위한 어떤 특별한 장치가 무의식에 탑재되어 있는 듯 느껴진다. 몰입은 어떤 특정한 업무 따위에만 적용되는 줄 알았다. 하지만 이제는 새로운 믿음이 생겼다. 대화는 몰입하는 것이다. 그래야만 하는 것이다.

하루는 오랜만에 만난 친구와 카페에 가기로 했다. 좋아하던 카페가 있었는데 주말인지라 자리가 없었다. 어쩔 수 없이 대형 카페에 갔다. 시끄러운 곳이라 대화에 집중하기 어려울 것이라 생각했다. 그런 생각도 잠시, 눈 깜짝할 사이에 두 시간이 흘렀다. 그리 거창한 이야기를 나눈 것도 아니다. 그저 서로의 삶에 관한 이야기, 어떻게 살아왔고 어떻게 살아가고 싶은지에 대한 흔한 인생 이야기를 나눴다.

자리에서 일어나며 친구에게 들었던 한마디는 "대화다운 대화를 나눌 수 있어서 참 좋았어"였다. 참 이상하다. 나는 말재주가 별로 없다. 관심을 사로잡는 특별한 대화 스킬 같은 것도 없다. 그저 그 순간에 집중했을 뿐이다. 혹시나 대화에 방해될까 스마트폰 알람도 꺼두었다. 시간을 계속 보게 될까 손목시계도 풀었다. 말하는 동안에는 입에 집중하고, 듣는 동안에는 귀에 집중했을 뿐. 그런 노력이 대화에 '맛'을 만들어 놓은 것이다.

대화는 '흐름'의 영역에 속해 있는 듯하다. 『몰입』이라는 책의 제목을 한 번쯤 들어봤을 것이다. 이 책의 원제는 'Flow', 번역하자면 '흐름'이다. 무언가에 몰입한다는 건 물줄기처럼 질서 없는 의식의 흐름이 한데 모이는 일이라는 것이다. 대화에 몰입한다는 건 나와 상대방의 흐름을 한데 모으는 행위다. 말을 주고받는 도중에 '집에 가서 뭐 하지', '피곤하다' 같은 잡생각을 하는 건 흐름을 방해한다.

말이 나온다고 입만 뻥긋하고, 말이 들린다고 귀만 쫑긋하는 행위. 이를 제대로 된 대화로 보긴 어려울 것이다. 눈으로 보이지 않는 건 마음으로 느낄 수 있다. '이 사람이 나에게 집중하지 않는구나', '영혼 없이 대답하는구나' 같은 생각이 드는 것처럼 말이다. 의식의 흐름, 언어의 파동이 피부에 부딪힐 때 비로소 대화의 몰입이 시작된다.

말은 영혼을 담는 그릇이 되기도 한다.

말에는
적당한 두려움이
필요하다

정직하지 못한 말을 최악으로 여긴다. 이런 말을 내뱉는 사람이 생각보다 많다. 매우 솔직한 듯 당당한 자세를 취하며 말하지만 그 속에는 온갖 거짓이 담겨 있다. 실제 속마음은 그렇지 않으면서 겉보기에 번지르르한 표현들로 말을 장식한다. 비상식적인 고정관념에 갇혀 있으면서 부드럽고 너그러운 사람인 듯 행세한다. 스스로를 좋은 사람처럼 보이게 하는 말. 은연중 본질을 왜곡하는 말. 그런 위선적인 말이 싫다.

여기에 삐뚤어진 태도를 더하는 사람은 더욱더 싫다. 상대방이 쉽게 이해하지 못하도록 전문적인 용어를 사용하는 사람. 배운 티를 내면서 눈앞에 놓인 사람을 은근히 하대하는 사람. 조언이라며, 이 모든 게 당신을 위한 것이라며 청렴결백한 논리주의자 행세를 한다. 나보다 한 수 위에 있음을 전제로 하는 말. 오로지 자기만족을 위한 말. 듣고 있는 사람이 오히려 더 부끄럽다. 그 말이 망언이라는 걸 왜 본인만 모르는지.

평범한 사람보다 적당한 명예를 손에 쥔 사람이 이런 말을 더 많이 한다. 스스로가 그런 말을 해야 할 위치에 있다고 여기는 것일지도 모르겠다. 가식으로 범벅된 말일지언정 자신을 믿고 따라오면 비슷한 위치에 도달할 수 있다고 말한다. 아쉽지만 가르치려 드는 말은 갈등의 씨앗이 될 뿐이다. 아무리 좋은 말처럼 포장해도 속은 텅 비었다. 말 한마디에 더 큰 무게를 실어야 할 사람들이 오히려 말을 더 가볍게 한다. 말의 무게는 대신 짊어지는 사람이 없는데 그걸 모른다.

내 입이 두려울 때가 있다. 말의 무게를 스스로 가늠하기 어려울 때가 그렇다. 농담으로 내뱉은 말 한마디에 대화 분위기가 순식간에 얼어붙는다. 누구나 공감 가능할 것 같다고 생각한 말 한마디에 분노 섞인 대답이 돌아온다. 상대방을 충분히 이해했다고 생각하고 한 말이

기분 나쁜 충고가 되기도 한다. 분명 깊이 생각한 뒤에 꺼낸 말이다. 그럼에도 문제가 되는 이유는 하나다. 모든 사람의 생각이 동일한 속도와 방향으로 흐르지 않기 때문이다.

생각을 거친 말보다 훨씬 더 두려운 게 있다. 무의식적으로 튀어나오는 말이 그렇다. 말을 하다 보면 가끔 탄력이 붙는 순간이 있다. 하고 싶은 말이 백과사전처럼 체계적으로 튀어나올 때, 아직까지도 생생히 기억나는 옛 시절을 되새김질할 때, 어려운 일을 극복했던 뿌듯한 순간이 떠오를 때가 그렇다. 말하는 행위 자체가 재밌다는 느낌이 든다. 재밌어서 계속 떠들게 된다. 상대방이 앞에 있다는 사실조차 잊은 채로 말이다. 대개 망언은 이럴 때 튀어나온다.

너무 많이 말한 것 같다 싶은 날엔 집에 돌아와 하루를 곱씹어 본다. 입 밖으로 튀어나간 말의 조각을 다시 끼워맞춰 본다. 완성된 조각을 유심히 보면 부끄럽기만 하다. 하지 말았어야 할 말이 너무나도 많다. 상황을 생생히 전달하기 위해 표현을 과장하기도 했다. 내 입장을 이해해 주길 바라는 마음에 약간의 거짓말을 더하기도 했다. 내가 한 말이 되려 나를 겨누는 총구가 된 것이다. 모든 말을 되돌리고 싶다. 부끄럽고 수치스럽다. 어떤 말은 침묵보다 못하다.

말하는 게 재밌어질 때면 침묵하기 위해 노력한다. 억지로라도 입을 틀어막는다. 주절주절 떠드는 것보다 조용히 있는 게 낫다는 걸 깨달았기 때문이다. 망언을 재료 삼아 으리으리한 성을 짓는 것보다 정직한 돗자리를 펼쳐 얌전히 땅 위에 앉아 있는 게 마음 편하다. 미래의 나를 위한 행동이기도 하지만 현재의 관계를 위한 행동이기도 하다. 섣부른 조언과 위로는 독이 될 뿐이니까. 때론 침묵이 가장 아름다운 언어가 된다.

굳이 말을 해야 할 때면, 혹은 반드시 꺼내야 할 말이 있으면 자세를 낮추고 말을 시작한다. 신체의 위치가 아니라 정신의 위치를 낮게 유지한다는 뜻이다. 하고 싶은 말 앞에는 '이게 정답은 아니겠지만', '공감 가는 말이 아닐 수도 있겠지만' 같은 수식어를 붙인다. 서로의 관점에 차이가 있음을 알고 있다는 자세로 다가가는 것이다. 다소 자신감 없는 행동처럼 보일 수 있겠지만 이런 배려가 마음의 거리를 단숨에 좁힌다. 물론 침묵보다 두려운 일이긴 하지만 말이다.

모든 말에는 적당한 두려움이 있어야 한다고 믿는다.

어떤 말은 투명한 흉기가 되기 때문이다. 내가 의식하지 못하더라도 누군가를 상처 입힐 수 있다. 말을 내뱉기 전부터 이를 인지하고 있어야 한다. 그래야 사소한 말 한마디에도 책임감이 생긴다. 여기서 생기는 책임감이 솔직함과 정직함을 만날 때 비로소 기회가 생긴다. 서로를 빛내는 등대가 되어줄 소중한 기회 말이다. 이런 기회를 줄 줄 아는 사람이 관계를 한층 더 견고히 만든다.

자신의 말을 두려워하는 사람은
모든 관계를 진심으로 대할 줄 안다.

한여름에
패딩 입는 말

옷은 저마다 적절한 때가 있다. 귀가 얼어붙을 듯한 겨울에는 오리털이 풍성하게 들어간 패딩이 어울린다. 귀마개와 목도리까지 있다면 더할 나위 없이 좋다. 몸이 축 늘어지는 무더위의 계절에는 반팔 티셔츠나 쿨링 소재를 이용한 옷이 어울린다. 차갑고 달콤한 아이스크림이나 수박화채를 곁들일 수 있다면 행복 그 자체일 것이다.

적절한 장소에 어울리는 옷 또한 존재한다. 결혼식이나 장례식에 갈 때 후줄근한 운동복을 입고 가는 사람은 없다. 예의 없는 사람으로 낙인찍힐 수 있다는 걸 누구나 알고 있다. 운동하러 갈 때 정장을 멀끔하게 맞추어 입고 가는 사람 또한 없다. 몸을 자유롭게 움직이기 위해서 어떤 옷을 입어야 하는지 본인 스스로 이미 잘 알고 있기 때문이다.

때와 장소에 어울리는 옷을 고르는 건 비교적 쉬운 일이다. 그렇지 않으면 자신이 가장 먼저 불편함을 느끼게 되니까 말이다. '나를 챙기는 일' 중에서 가장 쉬운 일이 옷을 고르는 일이다. 이렇게 쉬운 일이 '소통'의 영역에 들어서는 순간 어려운 일이 된다. 소통은 나를 챙기는 일이 아니라서 그렇다.

때와 장소에 어울리는 옷이 있듯, 말 또한 적재적소에 배치하지 못하면 그 가치를 잃는다. 많은 사람이 이 사실을 모른다. 환경에 어울리는 옷은 잘 가려내면서, 상황에 어울리는 말은 잘 추려내지 못한다. 자신이 하고 싶은 말, 상대방이 들었으면 하는 말. 이런 말들을 당장 내뱉지 않으면 속이 꽉 막힐 것 같아서 토해낸다. 소통은 혼자 하는 게 아닌데, 나를 챙기느라 정신이 팔려 그걸 잊어버린다.

예컨대 조율이 필요한 대화에서 자신의 주장만 강요하는 사람이 있다. 내 의견이 당신의 것보다 더 좋음을 알리려는 의도가 담겼다. 배려가 필요한 대화에서 자신의 감정만 표현하는 사람도 있다. 내 감정이 이렇게 곪아 있으니 먼저 공감하고 이해해 달라는 의도가 담겼다. 소통의 영역에선 이보다 답답하게 느껴지는 일이 또 없다. 도무지 대화가 통하지 않는 사람처럼 보일 뿐이다.

일방적으로 보자면 이들의 말에는 오류가 없다. 한겨울에 추위를 막기 위해 패딩을 입었던 것처럼, 자신의 마음을 지키기 위한 목적으로 말을 내뱉은 것이니 말이다. 단지 '소통'이라는 영역에선 부적합한 말이었을 뿐이다. 소통이란 내 마음을 드러내는 것뿐만 아니라, 더 나아가 서로의 마음을 나누는 일이다. 교류의 장에서 '나'만 생각하는 일은 '당신'을 앞에 두고 할 수 있는 가장 이기적인 행동이다. '나'와 '당신'이 '함께' 할 수 있어야 진정한 소통 아니겠는가.

소통을 할 때 때와 장소를 가린다는 것은 상대방의 입장에서 한 번쯤 생각해 본 후 말을 꺼내는 일이다. 옷 입는 일에 비유를 하자면, 말하는 사람은 '옷'이고 듣는 사람은 그 옷에 어울리는 '환경'이다. 환경에 어울리는 옷이 무엇인지 생각해 보는 일. 그러니까, 현재 대화에 어울리는 말이 무엇인지 고려하는 노력이 필요하다. 내가 하는 말이 누군가의 옷이 된다.

때와 장소에 적합한 말을 할 줄 안다는 건, 그 무엇과도 어울릴 수 있는 사람이 되는 일이다. 냉기 앞에서 온기가 되어주는 사람. 뙤약볕 아래에서 그늘이 되어주는 사람. 슬퍼하는 사람과 같이 슬픔을 느낄 줄 알고, 기뻐하는 사람과 웃음을 나눌 줄 아는 사람. 언제 어디서든 그리운, 계속 봐도 또 보고 싶은 사람이 되는 일이다.

쉬운 말처럼 들리지만 어렵다. 사실 세상의 모든 일이 그렇다. 쉬워 보이는 일이 가장 어렵지 않은가. 누군가에게 적절한 옷을 입혀주는 일이란, 나를 잠시 뒷전으로 미루는 일이다. 이런 일을 쉽게 행동에 옮길 수 있는 사람이 얼마나 되겠는가. 그렇기에 연습하고 또 연습해야 한다. 내가 하는 말이 누군가의 옷이 된다는 사실을 기억하며, 그로 하여금 나 또한 어울리는 옷을 건네받을 것이라는 믿음을 가지며 말이다. 세상에 단 하나뿐인 소중한 옷을 만드는 일. 말 한마디가 그걸 해낸다. 유창하게 말하진 못하더라도, 한여름에 패딩 입는 소리는 하지 말아야 할 것이다.

말 한마디에도 적절한 때와 장소가 있다.

곱씹을수록
괜찮은 사람

　　드라마 「이상한 변호사 우영우」에서 주인
공 우영우는 아이큐 164의 천재이지만, 자폐 스펙트럼
장애가 있어 어려서부터 따돌림을 당하며 자랐다. 최수
연은 그녀를 따돌리지 않고 지켜주는 친구다. 어느 날
우영우는 자기 별명은 뭘로 할 건지 장난스레 묻는 최
수연에게 '봄날의 햇살'이라는 별명을 지어준다. 최수
연은 한순간 강렬한 빛을 내는 사람이 아니라, 오랫동
안 은은하게 곁을 밝혀주는 따스하고도 다정한 사람이
기 때문이다.

　　"로스쿨 다닐 때부터 그렇게 생각했어. 너는 나한테

강의실 위치와 휴강 정보와 바뀐 시험 범위를 알려주고, 동기들이 날 놀리거나 속이거나 따돌리지 못하게 하려고 노력해. 지금도 너는 내 물병을 열어주고 다음에 구내식당에 또 김밥이 나오면 나한테 알려주겠다고 해. 너는 밝고 따뜻하고 착하고 다정한 사람이야. 봄날의 햇살 최수연이야."

굉장히 짧은 시간에 오감을 사로잡는 것들이 있다. 대개 음악과 영화, 혹은 미술 작품 등에서 이러한 강렬함을 느끼곤 했다. 어떤 곡은 첫 소절만 듣고 마음에 들어 바로 플레이리스트에 넣기도 한다. 난생처음 듣는 박자의 쪼개짐에 청각이 매료된 것이다. 이런 노래라면 평생 들을 수 있을 것만 같았다.

지난번 다녀온 전시회에서도 비슷한 경험을 했다. 작품 하나가 다양한 감정을 불러일으키며 시선을 끌었다. 생생한 색감과 뛰어난 표현력으로 아름다움을 나타내는 것에 놀라움을 금치 못했다. 색과 선으로만 이루어진 작품이 이토록 강렬한 감정을 전달할 수 있다니. 심장이 뜀박질을 했다.

하지만 시간이 지나면서 처음의 감동이나 놀라움은 조금씩 사라져갔다. 황홀한 음악은 질리게 되었고, 잔잔

하지만 여운이 남는 음악이 플레이리스트에 남았다. 화려한 기법이 담긴 그림보다는 평범하지만 깊은 해석이 담긴 작품이 기억에 자리 잡았다. 처음의 강렬함보다는 오래가는 여운이 중요하다는 생각이 들었다. 첫 향보다는 잔향이 삶에 배는 것이다. 생각해 보면, 이런 삶의 패턴이 인간관계에도 적용된다.

첫 향이 강렬한 사람이 있다. 모임에 참여하다 보면 그 모임을 주도하는 사람이 있다. 재치 있는 대화로 재미를 선사하는 사람, 화려한 스타일로 인해 존재 자체만으로 광채가 뿜어져 나오는 사람, 듣기 좋은 말로 분위기를 띄우는 사람 등. 이들은 모든 이에게 환영받는 건 물론이고, 없으면 허전하게 느껴지기도 한다. 이런 사람과 대화하는 순간은 참 즐겁다. 시도 때도 없이 웃고 떠들 수 있다. 그들의 매력으로 인해 마치 시간이 엄청나게 빠르게 흘러가는 것처럼 느껴질 때도 있다. 이런 감정을 영원히 간직할 수 있다면 참 좋을 텐데 말이다.

아쉽게도 화려한 예술작품에서 느꼈던 것처럼 강렬함을 가져다준 대부분의 사람과는 오래가지 못했다. 어느 순간부터는 처음의 알록달록했던 빛깔이 바래기 시작했다. 처음의 눈부신 매력이 시간이 지나 사라진 것이다. 흥미롭고 즐거웠던 대화의 빈도수는 점차 줄어들게 되었다. 마치 시간이 흘러가는 속도와 함께 희미해지듯, 강렬한 첫 향은 오래가지 못했다.

반면 잔향처럼 삶에 배는 사람이 있다. 기념일에 고가의 선물을 전해주기보다는 따뜻한 마음을 담은 손편지를 선물하는 사람. 항상 긍정적인 말을 해주기보다는 타인을 쉽게 비판하지 않는 사람. 오감을 자극하는 강렬하거나 화려한 매력은 없지만 차분함과 깊이감으로 마음속 깊이 내려앉는 사람. 그러니까, 봄날의 햇살 같은 사람 말이다.

은은한 사람이 좋아지는 요즘이다. 말수는 적더라도 진솔한 이야기를 나눌 수 있어서 좋다. 늘 웃는 표정을 짓진 않지만 가끔 보이는 미소에 진심을 느낄 수 있어서 좋다. 함께하는 모든 시간이 성장과 발전으로 이어질 수 있어서 좋다. 이런 햇살 같은 사람과 함께할 때면 마치 내가 한 송이의 꽃이 된 느낌이다.

이런 사람이 단 한 명만 곁에 있더라도 그 삶은 완전히 달라진다. 짧은 시간이 아니라 긴 시간 동안 나를 보듬어 주는 이들은 험난한 인생의 바다를 뚫고 나가는 데 큰 힘이 되어준다. 그럼 나 역시 보답하기 위해 그에

게 최선을 다한다. 상대방으로 인해 더 나은 내가 되고,
나로 인해 더 나은 그가 될 수 있는 관계. 서로가 서로의
햇살이 될 수 있는 관계다.

곱씹을수록 괜찮은 사람은 스스로 빛나기보다
타인을 빛내는 힘을 가졌다.

포장을
내려놓을 용기

웃음을 만드는 말이 있다. 개그맨처럼 누군가를 웃기기 위한 목적을 지닌 말은 아니다. 진지한 내용, 조용한 환경, 신중한 표현을 동반하지만 그 끝에는 웃음꽃이 핀다. 단둘이 만나 가볍게 대화를 나눌 때도, 여러 명이 모여 떨어진 실적에 대해 깊은 토론을 할 때도, 수천 명을 앞에 두고 열변을 토해낼 때도, 꼭 한 번은 빼먹지 않고 웃음을 만들어낸다. 돌이켜 보면 기억에 남는 말은 늘 웃음을 동반했다.

눈물을 부르는 말도 있다. 심리적으로 어떤 거대한 압박이 주는 말은 아니다. 자신이 겪었던 상황, 이를 극복해 낸 과정, 그로부터 얻은 깨달음일 뿐인데 듣다 보면 감정이 이입되어 나도 모르게 눈물이 흐르고 만다. 단 몇 마디의 말로 수백 명을 울려 눈물바다를 만드는 강연도 있다. 가슴 깊이 와닿은 대부분의 말은 꼭 눈물을 동반했다. '정말 맞는 말이다'라는 생각과 함께 고개를 끄덕이게 된다.

반면 그 어떤 감정도 만들어내지 못하는 말도 있다. 좋은 의도를 가진 말이라는 건 잘 알고 있다. 진지한 내용, 자신이 겪은 일, 깨달음을 동반한 말이다. 앞서 언급한 말과 다른 게 있다면, 웃음이나 눈물을 만들어내지 못한다는 점이다. 듣는 내내 '지루하다', '했던 말 또 하네', '언제 끝나려나' 같은 생각에 하품이 나오기도 한다. 시간이 흐르면 기억에서 전부 사라지는 말. 진심이 담겼다 해서 모든 말이 마음에 닿진 않는다. 감정의 영역에 도달하는 말, 힘 있는 말은 마음이 먼저 받아들인다.

팔자인지는 모르겠으나, 이리저리 지역을 옮겨 다니며 산다. 통상적으로 2년에 한 번쯤 이사를 하는 듯하다. 그렇다 보니 새로운 방을 구할 때나 정신없이 쌓인 이삿짐을 옮길 때 속앓이를 한다. 이런 이유로 종종 주변에 근심을 털어놓곤 한다. 누군가가 마법사처럼 단번에 해결해 주길 바라는 건 아니다. 단지 나를 이해해 주었으면 해서, 혹여 도움이 될 말을 들을 수 있지 않을까 해서다.

이럴 때면 꼭 들려오는 말이 있다. "내가 셀 수 없이 이사를 다녀봤는데 말이야"로 시작하는 과시의 말. 마치 스스로를 대단한 사람으로 만들 수 있는 기회를 얻은 듯한 말이다. 안타깝지만 이런 말은 정말 뒤돌면 잊힌다. 반면 대화의 시작부터 마음을 사로잡는 말도 있다. "예전에 이사할 때 이걸 몰라서 진짜 후회했다"로 시작하는 인정의 말. 의도는 같지만 외관이 다르다. 포장이 없다.

똑같은 의도임에도 다르게 받아들여진다. 어떤 말은 전혀 공감 가질 않지만, 어떤 말은 나도 모르게 고개를 끄덕이게 된다. 어떤 대화는 로봇 같은 표정을 짓다가 무미건조한 하품으로 끝나지만, 어떤 대화는 눈물을 찔끔 흘리다가 가벼운 웃음으로 볼을 닦아내며 끝난다. 전자와 후자 모두 말하는 사람은 진심을 담았겠지만, 듣는 사람의 기억에 새겨지는 말은 단연코 후자일 것이다. 감정을 만드는 말. 사람의 마음은 이런 말에 움직인다.

대개 사람들은 과시의 말에 힘이 실린다고 생각하는

듯하다. 이야기를 멋지게 포장하는 일 말이다. 그럴 만한 이유도 있다. 누군가에게 긍정적인 영향을 주려면 내가 먼저 뛰어난 존재로 보여야 한다고 느끼기 때문이다. 능력과 업적을 인정받아야 신뢰를 줄 수 있다고 생각하는 것이다. 물론 자기과시적인 말을 통해 스스로를 치켜세울 순 있다. 그러나 동시에 남을 깎아내리게 될 수도 있다는 걸 알아야 한다. 말의 힘은 이런 식으로 작동하지 않는다.

'과시의 말'보다는 '인정의 말'에 힘이 있다. 솔직하게 이야기를 털어놓을 필요가 있다. 내가 겪었던 난처함을 드러내는 말. 어려움을 마주했던 상황을 있는 그대로 전달하는 말. 뛰어남보다는 부족함을 인정하는 말. 목적이 같은 말이라 하더라도 마음을 열고 받아들일 수 있다. '저 사람도 결국 평범한 인간일 뿐이구나', '저 사람이 하는 말이라면 나도 해볼 수 있겠구나'라는 생각을 하게 한다. 나를 인정하는 것이 남에게 인정받는 유일한 길이다.

인정하며 산다. 아직 한참 부족한 사람임을 알리며 산다. 열린 마음으로 대화하고 싶어서 그렇다. 내 말을 끝까지 기억해 주었으면 해서다. 감정의 영역에 도달하

도록 말을 웃음이나 눈물 등으로 마음껏 조절하는 재주
따윈 없다. 그렇지만 내 말엔 힘이 있다는 말을 자주 듣
는다. 덕분에 삶이 바뀌었다는 말도 종종 듣는다. 나를
잠시 내려놓을 줄 아는 용기. 이런 용기가 말에 힘을 불
어넣는다. 마음이 마음에 닿는 말인 것이다.

때론 포장을 없애는 일이
가장 멋진 포장이 된다.

조언이
오해가 되지
않도록

조언보다 어려운 게 또 없는 듯하다. 사람과 사람이 관계를 이어나가는 일. 이 과정에서 빼놓을 수 없는 게 바로 의사소통이다. 대개 소통은 서로의 관계를 가깝게 만들어주는 역할을 하지만, 때론 말 한마디로 인해 갈등이 생기거나 오해를 하기도 한다. 말이라는 것이 너무나도 쉽게 왜곡되는 탓일 것이다. 어떤 칭찬은 왠지 비꼬는 듯한 험담처럼 들린다. 어떤 비난은 부러움 가득한 질투처럼 보인다. 겉과 속이 달라질 수 있는 것. 말 한마디가 이렇게 어렵다.

특히나 조언이 그렇다. '도울 조', '말씀 언'. 말로 누군가를 돕는 일. 좋은 의도로 꺼낸 말인데도 누군가는 이를 비판으로 받아들인다. 많은 고민 끝에 건넨 도움의 손길이 내동댕이쳐지기도 한다. 되레 '꼰대'라는 말을 듣기도 한다. 나를 위한 배려가 아니라 상대방을 위한 배려인데 그걸 몰라준다. 마음이 온전히 전달되지 않아 슬프기만 하다. '차라리 아무 말도 하지 말 걸', '괜히 말했다' 같은 생각이 든다. 배려가 이리도 쉽게 왜곡되는 것이었던가.

언어의 온도, 문장의 무게, 말의 힘. 말에는 분명 힘이 있지만 그 힘이란 것이 매우 수동적인 듯하다. 저자보다는 독자가, 화자보다는 청자가 그 힘의 세기를 판단하기 때문이다. 무심히 건넨 말 한마디가 반가운 위로의 말처럼 들리기도 한다. 가볍게 던진 말 한마디가 거대한 짐짝이 되어 삶을 짓누르기도 한다. 충고가 명령처럼, 조언이 비판처럼 느껴지는 것도 어쩌면 당연한 일이다. 선택권이 나에게 없는 까닭이다. 입 밖으로 튀어나간 것은 더 이상 나의 소유물이 아니다.

조언이 비판으로 변했던 날이 있다. 성장하기를 바라며 사는 친구가 있었다. "자격증을 따겠다", "멋진 몸매를 만들겠다", "돈을 많이 벌겠다"라는 다짐을 반복하며 사는 친구였다. 다짐은 멋진데 행동은 그렇지 못했다. 몸과 마음이 따로 노는지, 퇴근 후에는 밀린 드라마를 몰아보기 바빴다. 독서보다는 게임을 가까이했다. 잠도 많아 하루 10시간은 넘게 잤다. 생산적인 일을 멀리하며 사는 건 본인이면서, 늘 '시간이 없다'라는 핑계를 댔다.

"시간을 효율적으로 활용하지 못하는 것 같은데, 습관을 조금 바꿔보면 어떨까?" 안쓰러워서 말했다. 헐뜯으려는 건 아니었다. 그저 지금보다 더 나은 사람이 되기를 바라는 마음에, 앞으로의 미래가 내심 걱정된 까닭에 진심을 담은 조언을 건넨 것이다. 내가 할 수 있는 최선의 말. 친구의 입장에서 가장 도움이 될 것 같은 말이라 생각했다. 더 나은 습관을 형성해 시간을 효율적으로 활용한다면 친구가 바라는 성장에 한 걸음 다가갈 수 있지 않을까 싶었다. 의도는 좋았지만 결과는 별로였다.

손길이 발길질로 전락해 버렸다. "회사에서 최선을 다하니 집에선 휴식을 취하는 것이다", "난 무능한 사람이 아니니 신경 꺼라"라는 말이 되돌아왔다. 조금 충격이었다. 깎아내릴 의도는 전혀 없었으니까. 말이라는 게 마음처럼 쉽게 전달되지 않는 것임을 깨닫게 됐다. 되레 끊어지기 직전인 밧줄을 잘라내는 예리한 칼날이 될 수도 있음을 알게 됐다. 내가 옳다고 생각한 일이 모두에게 옳다고 느껴질 순 없는 것이었다. 말의 왜곡. 어쩌면 그 왜곡은 나로부터 시작했을지도 모른다.

대개 조언이 나쁘게 들리는 건 이유가 있다. 내 말이 조언이 될 것이라 철석같이 믿는 일, 상대방에게 도움이 될 것이라 섣불리 단정 짓는 일이 그렇다. 내가 '둥글다'고 느끼는 것이 누군가에게는 '날카롭다'고 느껴질 수 있다. 이런 일이 발생하지 않으려면 현명하게 조언할 줄 알아야 한다.

현명한 조언을 만드는 나만의 두 가지 재료가 있다. 첫째는 질문이다. "해주고 싶은 말이 있는데 들어볼래?", "괜찮은 방법이 있는데 조언해 줘도 될까?"처럼 상대방에게 먼저 묻는 것이다. 단도직입적으로 결론부터 내던지지 않는 것만으로 다음에 어떤 말이 나오든 상대방은 마음의 준비를 할 여유가 생긴다. 동의 없는 조언은 먹기 싫은 음식을 강제로 먹는 일이 될 뿐이다. 조언을 하고 싶다면 상대방의 의사를 확인해야 한다.

둘째는 경험이다. 막연히 방법을 제시하는 일은 '나와 당신은 다르기에 불가능하다'라는 생각을 불러일으킬 수 있다. 그보다는 내가 겪은 일을 먼저 털어놓는 것. '당신과 비슷한 상황에 놓여본 적 있다'라는 말을 내포하는 경험. 이게 마음의 문을 연다. 조언을 건네는 사람과 받는 사람을 동일 인물로 설정하는 작업이다. 공감할 수 있어야 받아들이는 게 사람이다.

말의 의도를 스스로 단정 짓지 않기 위해 노력하며 산다. 특히 내가 아끼는 사람을 대할 때는 더욱더 그렇다. 애초에 조언이라는 게 그렇지 않은가. 관심 없는 사람에게 진심을 전하려는 사람은 없을 테니까 말이다. 누구보다 당신을 아끼기에, 당신이 잘 되길 바라기에, 당신과 쭉 함께 하고 싶기에 튀어나오는 말. 좋은 약은 입에 쓰다. 그 사실을 누구보다 잘 알고 있어야 한다.

현명한 사람은 아끼는 사람을
조금 더 배려할 줄 안다.

결국
마음에 닿는 건
예쁜 말이다

운전을 하다 보면 화가 치미는 순간이 있다. 깜빡이를 켜지 않고 갑자기 훅 들어오는 차를 만날 때가 그렇다. 막히는 차로에서 벗어나겠다고 머리부터 들이미는 차도 있다. 안전거리를 무시한 채 차선을 변경하며 추월하는 차도 있다. 속도가 느리다며 보복하는 차도 있다. 내 속도를 존중받지 못하는 기분이 든다. 이런 순간이 많은 날엔 아예 운전을 때려치우고 싶다는 생각도 한다.

대화도 마찬가지다. 말을 하다 보면 역시 눈살을 찌푸리게 되는 순간이 있다. 갑작스럽게 말의 주도권을 훔처가는 사람을 만날 때가 그렇다. 경청을 무시하고 자신만의 생각을 강요하는 사람도 있다. 내 이야기 위에 자신의 이야기를 주구장창 올려놓는 사람도 있다. 내 말이 틀렸다고 화를 내며 강하게 반박하는 사람도 있다. 내 의견을 존중받지 못하는 기분이 든다. 이런 사람과는 굳이 대화하고 싶지 않다.

기분이 나쁜 진짜 이유는 따로 있다. 말을 끝까지 못한 것도 영 별로지만, 가장 중요한 말을 전하지 못했다는 사실이 기분을 최악으로 만든다. 한국말은 유독 꾸밈이 많다. 핵심 메시지가 제일 마지막에 있다. 집 주소를 말할 때도 그렇지 않은가. 도시 이름을 먼저 말한 후 지역명과 번지수를 댄다. 덩어리를 쪼개서 가루로 만드는 언어다. 영어는 정반대인데 말이다. 꾸밈이 많아서 싫다는 건 아니다. 다만, 이런 꾸밈을 기다려주지 못하는 사람이 많다는 게 아쉽다. 대화의 핵심은 기다림에 있다고 생각하기 때문이다.

문장을 단칼에 베어내는 사람과 엮이곤 한다. 업무적인 일로 인해 하루에 수십 통씩 전화를 해야 할 때가 있다. 대화의 시작은 비슷하다. "잘 지내셨어요?", "잠깐 통화 가능하세요?" 같은 형식적인 말. 문제는 그다음에 있다. 서론이 끝나고 본론으로 들어갈 무렵, 말을 끝까지 하지도 않았는데 중간에 끼어든다. 하고 싶은 말을 이제 막 꺼내려 하는데 기회를 훔쳐 간다. '근데', '그래도' 같은 말을 내뱉으며 멍석을 깔고 드러눕는다. 기분이 나빠진다.

처음은 그러려니 하고 넘어간다. 한두 번은 이해하는 편이다. 반드시 그 순간에 던지지 않으면 힘을 잃는 말도 분명 존재하기 때문이다. 나에게도 그런 순간이 필요할 때가 있기에, 간혹 말의 주도권을 가져가는 행동은 충분히 이해하고 받아들일 수 있다. 그러나 반복되면 이야기가 다르다. 무시당하는 느낌이 들기 시작한다. 매너 없이 머리부터 들이미는 도로 위의 차와 별다를 바 없다. 운전과 다른 게 있다면 대화는 끼어드는 순간 바로 충돌한다는 점이다. 차는 브레이크라도 있는데 말은 곧장 들이박는다.

말이 잘리는 일이 반복되면 꼬리표가 달린다. 상대방에 대한 부정적인 인식이 생기는 것이다. '이 사람은 정말 꽉 막힌 사람이구나', '내가 무슨 말을 하든 다 소용없겠구나' 하는 생각이 든다. 존중받고 싶다면 먼저 존중할 줄 알아야 하는데 말이다. 물론 단편적으로 사람을 쉽게 판단해서는 안 될 노릇이지만, 대화는 심각하게 받아들이는 편이다. 말은 습관이기 때문이다. 대화에 임하는 태도는 나에게만 적용되는 게 아닐 터. 하나의 대화를 망치는 사람은 대개 모든 대화를 망친다. 하나를 대하는 태도가 전부를 대하는 태도다.

운전하는 태도가 별로인 사람은 평소에도 그 성향이 드러난다. 자신의 차로가 막힌다는 이유로 매너 없이 차선을 바꾸는 사람. 타인의 안전을 생각하지 않고 이리저리 추월하는 사람. 이런 사람은 평소에도 타인을 배려하지 않고 자신의 욕구를 우선시하는 행동을 한다. 대화에 임하는 태도 또한 같다. 갑작스럽게 말의 주도권을 훔쳐가는 사람. 자신의 말만 늘어놓는 사람. 이런 사람은 평소에도 자신의 사리사욕을 채우기 위해 이기주의적인 행동을 한다. 나를 대하는 태도가 아니라 삶을 대하는 태도가 엉망인 것이다.

대화에 따스한 배려를 담는 사람이 좋다. 핵심 문장을 꺼내기 전까지 말의 꾸밈을 기다려주는 사람. 대화의 흐름과 분위기를 파악하여 대답해 주는 사람. 긴장하거나 피곤한 모습을 보이면 대화를 이끌어주기도 하는 사람. 이야기 보따리를 잔뜩 가져온 듯 보이면 주도권을 기꺼이 내주는 사람. 단순히 말을 섞는 일이지만, 그 사람이 평소에 삶을 어떻게 대하는지 알 수 있다. 대화가 잘 통하는 사람은 평소에도 자주 만나고 싶다. 삶의 한 구석에 심어둔 또 다른 배려를 찾아내고 싶어서다. 말은 마음의 거울이다.

좋은 사람이 되는 것도 좋지만, 그보다는 좋은 대화를 만들기 위해 먼저 노력한다. 대화가 좋으면 좋은 사람이라는 호칭은 자동으로 딸려오는 것이니까 말이다. 때가 오기를 기다린다. 종종 어렵다는 느낌도 든다. 너무 서두르거나 지나치게 늦게 대답하면 대화의 흐름이 깨질 수 있기 때문이다. 어렵기에 더 값진 일이 아닐까 싶다. 적절한 때를 찾기 위해 대화에 집중하는 일. 상대방의 표정과 태도를 살피는 일. 상대방의 시간을 존중하는 일. 결국 마음에 닿는 건 이런 배려가 담긴 말이다. 대화는 '의견'을 나누는 게 아니라 '시간'을 나누는 일이다.

좋은 관계는 서로의 시간을 존중할 줄 안다.

후회 없는
말 속에 있는 것

어려선 무언가를 늘 외우고 다녔다. 특히 전화번호를 많이 외웠던 것 같다. 공중전화 부스 안에서 머뭇거리지 않기 위해선 번호가 입 밖으로 거침없이 튀어나와야 했다. 그러면 뿌듯함을 느꼈다. 머릿속에 저장된 번호로 누군가와 막힘없이 소통할 수 있다는 사실이 좋았다. 그러나 기술이 발달한 후론 번호를 외우는 일이 거의 없다. 스마트폰 주소록에 저장해 놓으면 이름만으로도 바로 전화가 연결되기 때문이다. 그래서일까. 요즘은 가족 연락처를 제외하곤 곧장 떠오르는 번호가 없다.

번호뿐만이 아니다. 전반적인 모든 정보를 잘 외우지 않는다. 스마트폰이 대중화된 후론 외우는 일로부터 점점 더 멀어지고 있다. 궁금한 게 생기면 현장에서 검색하는 편이다. 그럼 다 나온다. 파스타 만드는 방법도, 측면 주차 잘하는 방법도, 심지어 끊어진 인터넷 선을 복구하는 방법 같은 전문적인 지식도 검색하면 나온다. 한번도 가본 적 없는 음식점의 평판도, 각 메뉴의 특징도 검색할 수 있다. 굳이 직접 시행착오를 반복하며 힘겹게 정보를 저장할 필요가 없는 것이다.

하지만 어떤 것들은 아직까지도 외워야 한다. 요즘같이 검색하면 다 나오는 시대에 '외우는 일 따윈 필요 없다'라며 반박하는 사람도 있을 것이다. 하지만 외우는 일은 검색할 수 없을 때, 저장해 놓은 정보를 찾을 수 없을 때 빛을 본다. 그럴 만한 시간이 주어지지 않을 때가 분명 있다. 느낀 바로는 말 한마디가 그렇다. 어떤 말을 꺼내야 할지 몰라 머뭇거리다 시기를 놓치기도 한다. 대화하는 도중에 갑자기 스마트폰을 뒤적일 수는 없지 않은가. 그 순간에 꺼내지 않으면 힘을 잃는 말도 있다.

제때 말하지 못해 당황스러웠던 날이 있다. 갑작스럽게 발표를 하게 된 날이었다. 전 직장은 유독 미팅이 많왔다. 의견을 전해야 할 정도의 위치가 아니었기에 늘 가벼운 마음으로 미팅에 참석했다. 하루는 한 명씩 돌아가며 발표를 해보자고 했다. 내 차례가 왔다. 말문이 턱 막혔다. 발표에 관련된 자료는 이미 있었다. 전에 발표한 사람의 말을 조금만 바꾸어도 충분했는데 그걸 못했다. 정말 곤혹스러웠다.

감사함을 온전히 전하지 못했던 날도 있다. 종종 동료들의 도움을 받곤 했는데, 가장 큰 도움을 준 동료가 개인적인 이유로 사직서를 냈다. 퇴사하는 날에 마지막 인사를 주고받는 시간이 있었다. 그동안의 은혜를 구구절절 풀어서 감사함을 전하고 싶었다. 막상 그 상황에 놓이니 수많은 생각이 전원 꺼지듯 멈춰버렸다. 결국 "그동안 고마웠다"라는 말밖에 전하지 못했다. 하고 싶은 말은 많았지만 가족 전화번호 외우듯 단번에 튀어나오지 못했다.

몇몇 사건 이후로 내가 말에 소질이 없다는 걸 알게 됐다. 글을 쓸 때도 적고 싶은 내용이 단번에 떠오르지 않을 때가 많은데, 말을 그렇게 하고 싶다는 건 욕심이었던 것 같다. 그때부터 하고 싶은 말을 외워놓는 습관이 생겼다. '축하한다', '감사하다'라는 말 한마디에 모든 감정을 욱여넣긴 싫었기 때문이다. 그동안 받았던 따스한 감정을 온전히 돌려주기 위해선 그런 순간들을 미리 정리하고 외워놓는 수밖에 없었다. 감정은 온전히 전해야 후회가 없다.

물론 뛰어난 언변을 가진 사람도 있을 것이다. 갑작스러운 발표도 능숙히 대처할 줄 아는 사람 말이다. 그러나 사람 일이라는 게 다 비슷하다. 언변이 뛰어난 사람도 말문이 턱 막히는 주제가 하나쯤 있다. 그런 주제에서 말을 제대로 꺼내지 못해 후회하기도 하고 감정을 충분히 전달하지 못해 관계에 실금이 생기기도 한다. 말하는 사람은 감정을 전달하지만, 듣는 사람은 문장만 전달받기 때문이다. 아무리 많은 감정을 담아도 말 한마디는 결국 말 한마디일 뿐이다.

말도 전화번호처럼 어딘가에 저장해 둘 수 있다. 전화번호와 다른 게 있다면, 저장해 둔 내용을 꺼내볼 여유가 없다는 점이다. 대화는 서로의 모습을 바라보는 일이다. 기록해 둔 말을 찾아본다는 명목으로 스마트폰을 뒤적이는 행위는 사실상 시선을 다른 곳에 두는 행위다. 상대방은 당황스럽다고 느낄 수 있다. 하고 싶은 말이 있다면, 감정을 온전히 전하고 싶은 말이 있다면 외워야

한다. 검색하면 다 나오는 시대지만, 검색하지 않아야만
비로소 힘을 지니는 게 말 한마디다.

　말을 외우며 산다. 특히나 소중한 사람에게 해주고
싶은 말을 자주 외우는 편이다. 어떤 부분에 고마움을
느꼈는지 생각을 통해 일차적으로 정리한다. 생각에 그
치지 않고 글로 적는다. 어떻게 고마움을 보답할 것인지
도 적는다. 다 적고 나면 외운다. 상대방이 바로 앞에 있
는 것처럼 혼잣말을 하기도 한다. 말에 정성을 담는 것
이다. 거침없이 마음을 전하는 일. 감정이 시원하게 달
릴 수 있도록 고속도로를 만들어 놓는 일. 소중한 사람
을 조금 더 소중하게 대할 수 있는 유일한 길이라 믿고
있다.

후회 없는 말엔 정성이 담겨 있다.

한마디에
무너지는 게
사람이다

말 한마디에 무너지는 게 사람이다. 아무리 좋은 재료를 사용해 음식을 만들더라도, 그 위에 재를 뿌리면 먹을 수 없는 음식이 된다. 사람도 마찬가지다. 수많은 칭찬을 듣더라도, 그 위에 단 한 번의 험담이 놓이는 순간 그날의 기분은 흙탕물이 된다. 그날 들었던 모든 칭찬은 효력을 잃는다. 시간이 흘러도 정화되지 않는 흙탕물. 꽤나 괜찮은 하루가 될 것 같았지만, 한 번의 험담으로 인해 더 이상 쓸 수 없는 하루가 되어버린다.

하루만 고장 나면 다행일 터. 어떤 말은 몇 년을 간

다. 잊을 만하면 떠올라 정신을 헤집어 놓는다. 정말 중요한 순간을 앞두고 튀어나와 발을 걸기도 한다. 어떤 말은 평생 잊히지 않는다. 매년 돌아오는 계절 그 어느 한 곳에 깊숙이 틀어박힌 말 때문에 가을이 찾아오면 아직도 당신이 참 밉다. 좋은 단어는 이미 희미해져 눈앞에서 사라져 버렸는데, 나쁜 단어는 어찌 그리도 선명히 남아 있을 수 있는지. 말 한마디가 이렇게 무섭다.

대개 사람들은 체계적으로 짜인 장문의 비판이 기분을 상하게 만든다고 여기는 듯하다. 그런데 오히려 반대이지 않을까. 긴 비판에는 적어도 성의가 담겨 있기에 '저 사람의 의견이구나' 하고 받아들일 수 있다. 그러나 체계적이지도 않고 제대로 된 의견도 아닌 가볍게 툭 내뱉는 한마디. 단지 누군가의 기분을 꺾어놓아야 한다는 유일한 목적으로 창조된 말. 입 한 번 뻥긋하며 튀어나온 성의 없는 화살. 그게 나를 향하고 있다는 걸 알게 되었을 때, 이보다 지저분한 느낌이 또 없다. 성의 없는 험담은 평생 가슴에 박힌다.

솔직함을 방패 삼아 험담을 내뱉는 사람도 있다. 이런 사람이 생각보다 많다. "나는 해야 할 말은 하는 사람이다"라는 말로 본인이 정의의 편에 서 있는 것처럼 고개를 치켜드는 사람. "다 너를 위해 하는 말이다"라는 말로 그동안 쌓아둔 험담을 예쁘게 포장하여 건네는 사람. 관계에서 솔직함이 중요한 건 사실이지만, 본질에서 벗어난 말은 비난일 뿐이다. 나를 드러내는 것과 상대를 깎아내리는 건 엄연히 다른데, 그걸 모른다.

기분 나쁘게 칭찬하는 사람들도 있다. "너 치고는 잘했네?", "내 생각보다 괜찮네?", "웬일로 실수 안 했네?" 같은 말을 내뱉는 사람들. 겉으로는 칭찬처럼 보이지만 그 안에는 은근한 깎아내림이 섞여 있다. 칭찬과 험담을 반반씩 섞어놓은 말. 들을 때마다 찝찝함이 남는다. 차라리 대놓고 욕을 하면 반박이라도 할 텐데, 이런 말은 애매해서 뭐라 하기도 어렵다. 어색한 미소로 넘기지만, 속으로는 몇 번이고 곱씹게 된다.

사람의 평소 모습을 보면 귀는 열려 있고 입은 닫혀 있다. 말하기보다 듣기에 집중하는 게 사람의 기본자세라는 것이다. 그러니 평상시의 모습에서 벗어나야 할 때, 즉 귀를 닫을 때와 입을 열 때 조금 더 신중할 필요가 있다. 함부로 귀를 닫아 누군가의 말을 튕겨내거나, 함부로 입을 열어 누군가에게 말을 쏟아내는 일은 상처가 될 수 있다. 사람은 무엇보다 예민한 존재다.

말 한마디로 인해 무너져본 적이 있는가. 혹은 다시금 일어나 본 적이 있는가. 만약 있다면, 말에는 분명 힘이 있다는 걸 누구보다 잘 알 것이다. 그 무엇보다 강력한 힘 말이다. 말은 무한한 발판이 되어 인생에 날개를 달아주기도, 측정 불가한 거대한 질량 덩어리가 되어 정신을 짓누르기도 한다. 긴 말보다는 짧은 말. 찰나의 순간에 모든 의미가 담겨 있는 말. 큰 힘을 들이지 않고 반복적으로 되뇔 수 있는 말. 그러니까, 기억하기 쉬운 말. 이런 말 한마디는 평생을 간다.

칭찬에 능숙한 사람보다 험담에 소질 없는 사람이 좋다. 쉽다면 쉬운 일이 칭찬이지만, 험담은 그보다 훨씬 더 쉽다. 요리는 어려운 일이지만, 다 된 음식에 재 뿌리는 건 남녀노소를 불문하고 누구나 할 수 있는 일이다. 잿더미를 손에 쥐지 않고 사는 사람. 그런 사람이야말로 정말 곁에 두어야 할 사람이라 믿는다. 말 한마디의 힘을 아는 사람. 가벼운 것에 더 큰 책임감을 가지며 산다는 게 얼마나 어려운 일인가. 그런 책임감이야말로 관계에서 가장 소중한 게 아니었던가.

말을 삼키며 산다. 내가 누군가를 정말 위한다면, 말을 삼키는 일보다 더 좋은 배려의 행동은 없을 것이다.

좋은 재료가 되어주진 못할지언정, 그 위에 재 뿌리는 사람이 되고 싶지는 않다. 짧은 말 한마디일수록 더욱더 신경 쓴다. 끊임없이 말을 깎아내고 다듬는다. 설령 그것이 한 단어로 줄어든다 해도 괜찮다. 수많은 시간을 쏟아부어야 한다 해도, 그 시간을 나 혼자 감당해 내야 한다 해도, 세상에서 가장 아름다운 말 한마디를 만들어 내고 싶다.

작지만 아름답게 빛나는 다이아몬드.
그게 말 한마디다.

말하기 전에
딱 한 번만 더

가스라이팅이라는 말을 한 번쯤 들어보았을 것이다. 이 용어가 유행한 건 그리 오래되지 않았다. 길게 잡아야 5년 전쯤부터다. 가스라이팅의 개념은 1944년 영화 「가스등」에서 유래했다. 한 남성이 여성의 재산을 훔치기 위해 온갖 속임수를 쓰는 영화다. 그는 의도적으로 주변 환경을 조작해 여성의 삶을 혼란스럽게 만든다. 결과적으로 여성은 남성의 끊임없는 거짓말에 속아 판단력을 잃게 된다.

영화에 빗대어 보면 가스라이팅은 '자신의 이익을 위해 말로 타인을 속이는 행위', '말로 감정을 교묘하게 조종하는 행위'라는 뜻이 된다. 그러니까 말 한마디를 어떻게 사용하느냐에 따라 누군가의 삶이 크게 바뀔 수 있다는 것이다. 말에는 그러고도 남을 만한 강력한 힘이 있기 때문이다. 그 힘을 좋은 쪽으로 쓰면 참 좋을 텐데 현실에선 나쁜 쪽으로 쓰는 사람이 정말 많다. 큰 힘에는 큰 책임이 따른다고 하던데 나쁜 말의 힘은 딱히 책임지는 사람도 없다.

근래에 지인들로부터 '가스라이팅을 당했다'는 이야기를 심심찮게 듣는다. 대부분 직장에서 일어난 일이다. 그들이 들었던 말은 주로 "너 진짜 일 못한다", "평생 높은 위치로 못 올라갈 거다", "그렇게 일할 거면 차라리 집에 가는 게 도와주는 거다" 같은 말들이었다. 이런 말을 듣고 나서 기분이 나락으로 떨어졌다고 한다. 당연하다. 저 말을 듣고 행복한 사람은 결코 없을 것이다. 오히려 그 순간을 버틴 것이 꽤 대단하다는 생각이 들었다. 상황을 전해 듣는 것만으로도 얼굴이 구겨졌다.

물론 그들이 정말 일 처리를 똑바로 못한 것일 수도 있겠다. 그런데 문제는 잘했는지 못했는지가 아니라 그 상황에 튀어나온 말 한마디다. 판단력을 잃게 만드는 가스라이팅이다. 생각해 보라. '일을 똑바로 못했다'와 '일을 똑바로 못한다'라는 말은 애초에 전혀 다른 말이다. 말에 실린 힘 자체가 다르다. 전자는 과거 특정 상황에 귀속되어 있지만 후자는 끝나는 지점이 없다. 이 말을 듣는 사람은 영원히 일 처리를 똑바로 못하는 사람이 된다. 이보다 파괴적인 말이 또 있을까.

그런데 가만 보면 이런 '단정 짓는 말'은 꼭 폭언에 국한되어 있는 것은 아니다. 좋은 표현처럼 보이는 가스라이팅도 있다. '당신은 분명 좋은 사람이다', '당신은 아주 잘 해낼 것이다', '당신처럼 믿을 만한 사람도 없다' 같은 말들. 상대방을 깎아내리기 위한 의도는 결코 없다. 하지만, 그 사람의 성격이나 가치관을 단정 짓는 말임엔 틀림없다. 내 주변엔 이런 말 때문에 큰 스트레스를 받는 사람도 있다. 왠지 좋은 사람처럼 보여야 할 것 같고, 뭐든 잘 해내야 할 것 같고, 항상 믿음을 주며 살아야 할 것 같은 압박감 때문이다. 어떤 칭찬은 족쇄가 된다.

인간관계에서 매번 느끼는 것이 하나 있다. 관계로부터 파생되는 모든 결과물은 내가 아니라 내 앞에 놓인 사람이 만든다는 것이다. 그러니까 듣는 사람이 모든 것을 결정한다는 뜻이다. 그러므로 타인에게 긍정적인 인식을 심어주려는 말이 때론 그들의 발목에 족쇄를 채울 수 있다는 점을 결코 잊어선 안 될 것이다. 상대방의 감정을 조종하거나 괴롭히기 위한 의도는 없더라도, 그들이 자신감을 잃거나 불안해할 수 있다는 점을 명심해야 한다. 고작 말 한마디인데 이토록 다루기가 어렵다.

나이가 들수록 인간관계가 더욱더 어렵게 느껴진다. 관계의 진리를 하나둘씩 깨달을 때마다 사람 대하는 일이 점점 더 조심스러워지기 때문이다. 특히 누군가에게 부정적인 피드백을 전해야 할 때, 그 말이 상대방에게 어떤 영향을 끼칠지 깊이 고민하게 된다. 혹여 인신공격처럼 느껴지진 않을지, 혹여 그 사람의 삶을 낭떠러지로 내몰진 않을지 겁이 난다. 나쁜 의도는 없지만 오로지나 혼자서만 그렇게 느끼는 것일 수 있기 때문이다.

그래서 부정적인 피드백을 전할 땐 최대한 과거형으로 말한다. 또한 말의 방향을 상대방이 아니라 나를 향하도록 한다. 예를 들면 '부족하다'보다는 '부족했다'를 더 자주 쓰고, '부족했다'보다는 '내 마음에 들지 않았다'를 더 자주 쓴다. 그럼 누군가를 멋대로 단정 지을 일도 없고, 상대방을 깎아내리는 듯한 느낌을 줄 일도 없다. 화법 같은 것을 따로 공부해 본 적은 없지만, 어떤 책에서는 이를 '일인칭 화법'이라 부르는 듯하다. 무엇이 됐건 어느 상황에서도 안심할 수 있는 화법이다.

인간관계는 복잡하고 혼란스럽다. 그저 '함께 시간을 보내는 일'이 아니라, 각자의 삶을 위해 '재료를 주고받는 일'이기 때문이다. 서로 원하는 재료가 다르기 때문에 자연스럽게 갈등도 생긴다. 하지만 이 모든 과정이 결국 서로를 더 나은 사람으로 만들어줄 것임을 믿어 의심치 않는다. 그러기 위해선 우리에게 신중함과 배려가 조금 더 필요해 보인다. 함께 어울려 살아야 하는 세상 아닌가. 말하기 전에 딱 한 번만 더 생각하자.

말 한마디가 세상을 만든다.

관계의
무게중심

'삶을 대하는 것'과 '사람을 대하는 것'에는 큰 차이가 있다고 느껴진다. 삶을 대하는 것. 즉, 내 인생에서는 나의 근본을 잘 알고 이를 지켜내는 것이 참 중요하다. 나만의 기준으로 세상을 바라보고 삶을 이어나가는 일. 타인의 시선과 간섭에 아랑곳하지 않고 내 중심을 꿋꿋이 유지하는 일. 이런 일들이 삶을 보다 덜 후회스럽게 만들어준다. 나로 꽉 차 있는 삶이란 생각만으로도 알차고 뿌듯하다. 그러니까, 내 인생에서는 나의 비율이 높을수록 행복해진다는 것이다.

그런데 사람을 대하는 건 완전히 다른 이야기다. 관

계에서는 나의 비율이 높다고 해서 반드시 행복과 가까워지지 않는다. 물론 한두 번 보고 끝날 관계라면 신경 쓸 필요 없겠지만, 정을 쌓아가는 관계에서 '나'를 고집하는 것은 관계에 흠집만 낼 뿐이다. 특히 "나는 원래 이런 사람이다"라는 말로 내 앞에 방패를 두는 일은 "나는 변할 생각 없으니 당신이 생각을 고쳐먹어라"고 말하는 것과 별반 다르지 않다. 관계에서는 이보다 무책임한 일도 없다.

살면서 관계가 무너지는 것을 정말 수도 없이 봤다. 내 관계는 물론이고, 친한 친구나 직장 선후배 또한 관계의 단절로 슬픔을 맛보곤 했다. 여러 사연을 취합해본 결과, 관계가 무너지는 가장 큰 원인은 '비율'에 있음을 알 수 있었다. 누군가 자신의 입장을 고집할 때, 관계의 무게중심은 고집불통인 쪽으로 기운다는 것이다. 균형이 한 쪽으로 쏠리니 무너지는 것 또한 자연스러운 일이다. 무너진 관계에 행복이 있을 리 없다.

가만 보면 인생의 모든 것에는 저마다의 균형이 있다. 떡볶이를 만들 때도 고추장과 물을 알맞게 넣지 않으면 제맛을 낼 수 없고, 자전거를 탈 때도 한쪽 페달만 밟아서는 결코 멀리 나아갈 수 없다. 누구나 햇볕 따스한 날을 좋아하지만, 그런 날만 지속된다면 땅은 금세 생기를 잃고 만다. 누구나 주말이 끝나지 않기를 원하지만, 아무도 일하지 않는다면 세상은 지금처럼 체계적으로 돌아가지 않을 것이다. 좋든 싫든 적당한 비율을 유지해야 균형이 잡힌다는 것이다.

관계에서도 적당한 비율은 존재한다. 나와 당신 사이에 놓인 팽이가 균형을 잃지 않고 계속 돌게 만드는 것이 가능하다는 소리다. 나만 계속 떠들기보다는 당신도 이야기를 꺼낼 수 있도록 질문을 던져주는 일. 내 기분을 알아달라며 투정하기보다는 당신의 기분도 상했을지 모른다는 의심을 가져보는 일. 내 생각이 옳다며 고집부리기보다는 당신의 생각도 일리가 있다며 고개 끄덕여 주는 일. 이런 일들이야말로 관계의 균형을 탄탄히 유지하는 방법일 것이다.

말은 쉽게 했지만, 사실 좀처럼 뜻대로 흘러가지는 않을 수 있다. 세상에 똑같은 사람이란 없기 때문이다. 어딘가엔 말하기보다 듣기를 선호하는 사람도 있고, 상대방에게 책임을 묻기보다 스스로 희생하는 게 편한 사람도 있다. 자존심 따위 전혀 신경 쓰지 않는 사람도 있고, 감정적인 공감보다 현실적인 해결책을 더 중요하게 여기는 사람도 있다. 하지만 한 가지 확실한 것은, 아무리 울퉁불퉁한 돌멩이도 결국 무게중심은 하나의 점이라는 사실이다. 관계도 그렇다. 아무리 제각각이어도 중심은 있다. 관계에서 중요한 건 그 중심을 찾아나가는 일이다.

관계에서만 할 수 있는 유일한 노력이 있다면, 그건 바로 '함께 맞추어나가는 일'이 아닐까 싶다. 서로 다른 점을 안 좋게 받아들인다면, 그건 영화 속에서나 나올 법한 끔찍한 저주가 되고 만다. 그러나 서로 다른 점을 음식 재료 정도로만 받아들여도 이야기가 달라진다. 때론 고춧가루를 한 스푼 뿌려 칼칼함을 더하고, 때론 참기름을 몇 방울 넣어 고소함을 더하며, 서로가 즐겁게 먹을 수 있는 음식을 만들어나가는 것이다. 나와 당신의 미소를 적당히 맞춰나갈 때 관계는 최선을 다해 균형을 잡는다. 관계의 중심은 결과가 아니라 과정에 있다.

그러므로 관계에서 꼭 필요한 용기가 있다면, '나'를 적당히 양보할 줄 아는 용기일 것이다. 내 인생에서는 나만 행복하면 그만이지만, 관계에서는 나와 당신이 함께 행복해야 한다. 때론 슬픔을 마주하기도 하겠지만, 그 슬픔을 나 몰라라 하기보다는 함께 등에 짊어질 줄 알아야 한다. 나의 기쁨을 우리의 기쁨으로 만들어나가는 일. 당신의 문제를 우리의 문제로 여기며 헤쳐나가는 일. 그로부터 생기는 추억과 믿음. 이것이 바로 관계를 통해서만 얻을 수 있는 달콤한 열매이고, 사람이 또 다른 사람과 연을 맺는 이유다.

비 오는 날 당신과 함께 작은 우산 속으로 파고드는 모습을 상상해 본다. 당신이 비에 젖지 않길 바라며 내 한쪽 어깨를 포기한다. 그 순간에는 괜찮은데, 우산을 접고 나면 나는 만신창이가 되어 있다. 그렇다고 나를 지키자니 당신이 홀딱 젖을 게 뻔하다. 우산의 알맞은 위치는 서로의 팔목 정도까지 포기한 위치일 것이다. 그러면 누구 하나 엉망이 되지 않으면서 함께 빗길을 걸을 수 있다. 그 순간 알게 된다. 관계의 중심은 '나'도 아니고 '당신'도 아니라, 바로 '우리'라는 것을.

서로 한 걸음 양보할 때 둘은 하나가 된다.

결국, 마음에 닿는 건 예쁜 말이다

초판 1쇄 발행 2025년 5월 1일

지은이 윤설
펴낸이 김선준, 김동환

편집이사 서선행
책임편집 오시정 **편집3팀** 최한솔, 최구영
디자인 정란 **일러스트** 신진호
마케팅팀 권두리, 이진규, 신동빈
홍보팀 조아란, 장태수, 이은정, 권희, 박미정, 조문정, 이건희, 박지훈, 송수연
경영관리 송현주, 윤이경, 정수연

펴낸곳 페이지2북스
출판등록 2019년 4월 25일 제 2019-000129호
주소 서울시 영등포구 여의대로 108 파크원타워1, 28층
전화 070)4203-7755 **팩스** 070)4170-4865
이메일 page2books@naver.com
종이 월드페이퍼 **인쇄·제본** 한영문화사

ISBN 979-11-6985-138-1 (03810)